Tanja Russ

Fesselnde Überstunden

Maledom Kurzgeschichten

SCHWARZE ZEILEN
Verlag

Bibliografische Information der Deutschen Nationalbibliothek

Die Deutsche Nationalbibliothek verzeichnet diese Publikation in der Deutschen Nationalbibliografie; detaillierte bibliografische Daten sind im Internet über http://dnb.d-nb.de abrufbar.

ISBN 978-3-945967-65-2

1. Auflage 2019

www.schwarze-zeilen.de

© 2018 Schwarze-Zeilen Verlag

Ein Imprint des footstep-Verlag

Reichenaustr. 81c, 78467 Konstanz

Alle Rechte vorbehalten.

Coverfoto: © sakkmesterke – stock.adobe.com

Printed in Germany

Hinweis

Ähnlichkeiten mit lebenden Personen sind nicht beabsichtigt und rein zufällig. Die auf dem Coverfoto abgebildeten Personen stehen in keinem Zusammenhang mit dem Inhalt dieses Buches!

Dieses Buch ist nur für Erwachsene geeignet, bitte achten Sie darauf, dass das Buch Minderjährigen nicht zugänglich gemacht wird.

Fitness ist geil

Ich bin topfit. Noch nie war ich so durchtrainiert, wie ich es im Moment bin. Dabei bin ich noch nicht einmal besonders ehrgeizig. Auch kein extremer Bewegungsjunkie. Schuld an meiner Fitness ist dieser Typ, der seit zwei oder drei Monaten bei uns im Studio trainiert. Er ist kein George Clooney oder Brad Pitt. Ein ganz normaler Typ von nebenan. Dunkelblond, schlank, T-Shirt, schwarze Trainingshose. Er ist kein Bodybuilder und das ist auch gut so. Ich stehe nicht auf diese muskelbepackten Kerle. Der Mann hat was, das meine Fantasie beflügelt. Ich mag sein Lächeln, auch wenn ich es selten zu sehen bekomme. Nicht, dass er ein Miesepeter wäre, aber Sport ist nun einmal anstrengend. Da gibt es nicht so viel zu lachen.

Leider scheint er keine festen Trainingszeiten zu haben. Deshalb bin ich viel öfter im Studio, als mich mein sportlicher Ehrgeiz dort hinzieht.

Heute ist es relativ voll. Ich verschaffe mir einen kurzen Überblick über die Leute an den Geräten. Da! Er ist da! Mein Herz macht einen kleinen Hüpfer. Er trainiert auf dem Stepper. Dort habe ich in schon öfter gesehen.

Ich wähle ein Fahrrad, um meine Muskeln aufzuwärmen, weil ich ihn von da am besten im Auge behalten kann. Er hat Kopfhörer in den Ohren. Auf welche Musikrichtung er wohl steht? Es muss etwas Fetziges sein, denn er hat ganz schön Elan.

Mir fällt auf, dass er seine Blicke durch den Trainingsraum schweifen lässt. Holla, der checkt die Mädels hier! Er tut das sehr unauffällig, stiert niemanden blöd an. Ich bemerke es nur, weil ich ihn so genau beobachte. Ob er mich auch schon abgecheckt hat? Ich schaue an mir hinab. Unförmiges Schlabbershirt mit verwaschenem Schriftzug darauf und auch meine ausgeleierte Jogginghose hat schon bessere

Zeiten gesehen. Hat mich bisher nie gestört. Hier trainieren völlig normale Leute, keine aufgedonnerten Tussen und Showboys. Trotzdem, jetzt ist mir mein nachlässiger Look unangenehm. Ich brauche dringend neues Sportzeug!

Nach dem Training springe ich schnell unter die Dusche. Dabei träume ich mit offenen Augen, stelle mir vor, er käme jetzt rein und stellt sich zu mir unter den Wasserstrahl. Ja, ich weiß, sie würden ihn rauswerfen, wenn er sich in die Frauendusche verirrt. Schade, diese Fantasie wird wohl niemals wahr werden.

Zwei Tage später gehe ich wieder ins Studio. Den gestrigen Nachmittag habe ich genutzt, um Sportklamotten zu shoppen. Mein neuer Look ist gewagt. Kurze Hose aus schwarzglänzendem Lycra, die eher schon als Hotpants durchgeht. Ich habe sie eine Nummer kleiner genommen, damit sie schön knapp sitzt. Dazu ein ziemlich figurbetontes orangefarbenes Shirt. So kurz, dass es beim Trainieren hochrutschen und immer mal ein Streifen Haut zu sehen sein wird.

Ob er heute kommt? Wahrscheinlich nicht. Er war ja erst vorgestern da. Hach, ich kann es nicht abwarten. Es treibt mich ins Studio. Wenn er nicht da ist, kann ich mich zumindest schon mal daran gewöhnen, mich in diesem Outfit in der Öffentlichkeit zu zeigen. In der Umkleidekabine werfe ich einen letzten Blick in den Spiegel. Gewagt ... aber dank ihm und meinem verdammt häufigen Training sind meine Schenkel straff und mein Hintern knackig. Ich kann mir den neuen Look erlauben, stelle ich zufrieden fest und betrete beschwingt den Trainingsraum. Im Vorbeigehen grüße ich Olli: Trainer, Aufsicht und Getränkeverkäufer in einem. »Wow! Heiß, Jasmin!«, ruft er mir nach und stößt einen Pfiff aus.

»Danke,« rufe ich lässig über die Schulter und wackele provozierend mit dem Arsch. Kaum angekommen und schon ein Kompliment eingeheimst. Ich kann mich gerade noch zurückhalten eine Pirouette zu drehen.

Heute gehe ich auch mal auf den Stepper. Kann ja nicht schaden, Oberschenkel und Hintern noch ein bisschen mehr zu trainieren.

Ich bin höchstens drei Minuten auf dem Gerät, habe mich gerade ein-
gegroovt, da kommt ER rein. Wow, damit hatte ich nicht gerechnet.
Mein Herz schlägt einen Purzelbaum. Jetzt bloß nicht stolpern. Ich
möchte mich bitte nicht blamieren. Er steuert ebenfalls die Stepper an,
lässt dabei den Blick durch den Raum schweifen und bleibt an mir
hängen. Weil ich ihn beobachte, ohne dass er es mitbekommt, sehe
ich, wie sein Blick zuerst auf meiner Hose verweilt. Moment mal, der
schaut mir doch wohl nicht genau in den Schritt, oder? Ich sollte
empört sein, aber ich spüre lediglich ein lustvolles Ziehen in meinem
Schoß und muss mich konzentrieren, um nicht doch noch aus dem
Takt zu geraten. Seine Augen wandern weiter zu meinen Brüsten. Ja,
ich weiß, die kommen in dem engen Shirt ziemlich gut zur Geltung.
Dann erst sieht er mir ins Gesicht. Was soll ich von der Reihenfolge
halten? Vielleicht einfach nur, dass meine Shoppingtour erfolgreich
war. Ich kann mir ein kokettes Grinsen nicht verkneifen.

Unsere Blicke treffen sich und ihm scheint bewusst zu werden, dass
ich ihn schon eine Weile beobachtet habe. ›Ja, ich hab dich erwischt
mein Lieber!‹

Doch das scheint ihm nicht peinlich zu sein. Er zwinkert mir zu und
grinst mich verschmitzt an. Wow, ich mag sein Lächeln wirklich! Ich
sag ja, der Typ hat was!

Er steigt auf einen Stepper in meiner Nähe und legt los.

Eine Viertelstunde später bin ich fertig mit dem Aufwärmen und
beginne mein Zirkeltraining. Ab und zu schaue ich zu ihm rüber,
ansonsten verläuft das Training ziemlich ereignislos – zumindest, bis
ich mich auf den Adduktorentrainer begebe. Ich spreize die Schenkel,
um die Gewichte, im unteren Bereich der Oberschenkel, nach außen
zu drücken. Gerade als ich die Beine wieder schließe, um die Spannung zu lösen, besetzt er den Butterfly direkt gegenüber. Er hebt die
Arme im rechten Winkel, umfasst die Griffe und drückt die Gewichte
in Brusthöhe auseinander. Während ich meine Übung absolviere,

guckt er mir ungeniert zwischen die Beine. Ich bin verlegen, verunsichert und spüre gleichzeitig wieder dieses lustvolle Ziehen in meinem Schoß. Er steht auf.

›Was denn, hat er doch keine Lust auf das Gerät ... oder den Anblick? Oh, hey er kommt zu mir rüber.‹

Herausfordernd grinst er mich an und legt ein Gewicht mehr auf.

›Nanu, was soll denn das jetzt? Glaubst du vielleicht, das krieg ich nicht hin? Na warte, du wirst schon sehen!‹

Ohne ein Wort nimmt er seinen Platz am Butterfly wieder ein. Er wirft mir einen auffordernden Blick zu und drückt die Gewichtstangen langsam auseinander. Dann hält er die Spannung, ganz so als würde er auf mich warten.

›Ach was? Du möchtest, dass wir unsere Übungen synchron absolvieren? Bitte sehr.‹ Ich spreize die Beine. Hui, das eine Gewicht mehr zieht ganz schön. Er hält die Anspannung in seinen Armen und schaut mir dabei erneut ungeniert in den Schritt. Meine Schenkel beginnen zu zittern. Endlich sieht er mir ins Gesicht, nickt und lässt den Butterfly gemächlich zurück in die Ausgangsposition gleiten. Ich folge seinem Beispiel.

Er wartet eine halbe Minute. So ungefähr jedenfalls. Fasziniert von seinem Lächeln bekomme gerade nicht viel mit. Wieder trifft mich sein auffordernder Blick und ich drücke die Gewichte mit ihm zusammen auseinander. Er die Arme, ich die Beine. So trainieren wir eine ganze Weile. Ich habe vergessen mitzuzählen, wie oft wir die Übung absolvieren. Meine Oberschenkel zittern immer heftiger. Er macht größere Pausen und hält die Spannung nicht mehr so lange.

Er führt mich! Wahnsinn! Mir wird heiß, als ich das erkenne. Das spornt mich an und ich halte mehr Wiederholungen durch, als ich jemals an dem Gerät absolviert habe. Und das sogar obwohl ein Gewicht mehr aufliegt! Doch er bemerkt, wie schwer mir jede weitere Runde fällt, sieht, dass ich nicht mehr kann, steht auf und kommt zu mir herüber.

»Gut gemacht«, sagt er mit diesem schelmischen Lächeln und hält mir seinen Trinkbecher hin. So ein Plastikteil mit einem integrierten Strohhalm. Das ist fast schon ein indirekter Kuss, oder? Ich nehme den Becher, murmele einen Dank und versuche ihn anzuschauen, während ich trinke. Aber ich senke automatisch den Blick, ohne dass ich es verhindern kann.

»Danke«, sage ich noch einmal, als ich ihm sein Getränk zurückgebe.

Er zieht mich an sich, womit er mich vollkommen überrascht. Mit einer Hand greift er ungeniert nach meinem Arsch und knetet meine Backen.

›Ähm hallo? Das kannst du doch nicht einfach so machen.‹

Was für ein dummer Gedanke. Ich spreche ihn auch nicht aus. Genau das wollte ich doch schließlich! Darauf habe ich es mit meinem neuen Outfit angelegt. Ein voller Erfolg! Seine Hand auf meinem Hintern fühlt sich gut an. Ich wünschte, er würde mich in irgendeine ruhige Ecke ziehen. Aber wohin? Hier sind überall Leute. Weit und breit kein geeignetes Fleckchen. Ich hätte Lust, mich an ihm zu reiben, aber ich traue mich nicht. Verdammte Schüchternheit! Vielleicht auch ganz gut so. Ich möchte nicht rüberkommen, wie eine läufige Hündin.

Die Wärme seines Körpers hüllt mich ein, steigt mir zu Kopf. Ich mag nicht mehr denken. Will mehr von ihm spüren.

»Ich bin Freitag wieder hier, gleiche Uhrzeit.« Sein Atem streichelt mein Ohr. Seine leise Stimme bewirkt, dass sich sämtliche Härchen auf meinen Armen aufrichten. Ich stehe in Flammen. Wie zum Teufel stellt er das an? Er lässt mich abrupt los, dreht sich um und steuert ein anderes Gerät an. Verwirrt bleibe ich zurück. Atme tief durch. Schaue mich um. Wahrscheinlich starren mich alle Leute hier an, oder? ... Nein ... nur ein älterer bärtiger Mann lächelt mich an, zwinkert mir zu und zeigt mir eine Daumen-Hoch-Geste. Was soll das? Ach der ist einfach nur nett. Vermutlich sieht man mir an, wie verrückt ich nach diesem Typen bin ... dessen Namen ich immer noch nicht kenne, wird mir gerade klar. Verdammt. Wie nenne ich ihn, wenn ich an ihn denke? Typ finde ich unpassend für einen Mann, der meinen Arsch schon geknetet hat. Ich könnte ihn Butterfly nennen. Wegen des Geräts, an dem er trainiert hat ... und weil er schon wieder weggeflattert ist. Passt doch. Ich schlendere durch den Raum. Butterfly ... Schmetterling? Ne, das hört sich schwuchtelig an. Würde ihm sicher nicht gefallen. Mein Blick fällt auf Olli, der einer Frau, die ich hier noch nie gesehen habe, den korrekten Bewegungsablauf am Rudergerät erklärt.

›Coach‹, ja, das klingt viel besser.

Er absolviert jetzt an einem Trainingsgerät, dessen Namen ich nicht kenne, eine Übung für den Rücken. Wenige Meter neben ihm liegen die Bodenmatten. Ich schmunzele in mich hinein und beschließe, dass ich ihn für heute noch nicht genug gereizt habe.

Ich knie mich im Vierfüßlerstand auf die Matte, strecke ein Bein grade nach hinten, halte es einen Moment in der Waagerechten und stelle es zurück auf den Boden. Fünfzehn Wiederholungen mit jedem Bein. Natürlich habe ich mich so gedreht, dass er mir genau auf den Arsch schauen kann. Nur sehe ich jetzt leider nicht, ob er überhaupt hinsieht. Ich bin angespannt. Habe das Gefühl, er schaut hin, aber ich kann mich auch täuschen. Nachdem ich die Übung endlich beendet habe, drehe ich mich um und lege mich auf die Seite. Jetzt kann ich ihn wieder sehen. Ich stütze mich auf dem Ellenbogen ab und spreize das obere Bein grade nach oben, halte einen Moment die Spannung und setze es langsam wieder ab. Er sitzt immer noch am gleichen Gerät, aber er trainiert nicht. Er hat sich in meine Richtung gedreht und sieht mir zu. Die Arme hat er so auf seine Schenkel gestützt, dass man ihm nicht in den Schritt gucken kann. Zufall oder Notwendigkeit?

Mit einem Mal fällt mir auf, dass er nicht der Einzige ist, der mich beobachtet. Heute ist viel los hier. Mich treffen ein paar unfreundliche Blicke von anderen Frauen und ein paar ziemlich lüsterne von einigen Männern.

Das ist mir unangenehm. Ich fühle mich plötzlich unwohl. Hätte ich doch meine unförmigen weiten Klamotten an und würde ich mich hier nicht präsentieren, als bräuchte ich auf der Stelle einen Schwanz!

Ich breche meine Übung ab, lege mich auf den Bauch, das Gesicht auf meine Arme. Ja, ich weiß, das ist albern. Aus dem Alter, in dem ich glaubte, es sieht mich niemand, den ich nicht sehe, bin ich raus. Vermutlich starren sie mir jetzt auf den Arsch.

»Was ist, bist du schon fertig?«

Überrascht gucke ich hoch und meinem Coach direkt in die Augen. Mein Herz setzt zwei Takte aus und die anderen Leute sind vergessen.

»Hm, ja.« Mehr bringe ich nicht raus. Ziemlich dämlich, diese plötzliche Schüchternheit, nachdem ich mich hier angebiedert und zur Schau gestellt habe.

Er hält mir seine Hand hin. Ich ergreife sie und lasse mich von ihm auf die Füße ziehen. Wow ein total angenehmes Gefühl, ihn zu berühren. Seine Hand ist warm, aber nicht schwitzig und ein bisschen schwielig. Er arbeitet mit seinen Händen. Das gefällt mir. Ich mag das Gefühl auf meiner Haut ... Meine Gedanken nehmen schon wieder einen gefährlichen Kurs. Ich merke, dass ich rot werde, Mist. In stiller Übereinkunft steuern wir die Stepper an. Ich könnte ihn fragen, wie er heißt. Aber ich verkneife es mir, obwohl ich es liebend gern wüsste. Irgendwie finde ich das aufregend.

»Was hältst du davon, wenn wir uns anstatt Freitag, am Samstag hier treffen? Wenn alles klappt, bin ich mittags, so gegen zwei Uhr da. Falls du Zeit hast, könnten wir nach dem Training noch einen Kaffee trinken gehen.«

Mein Herz beginnt zu rasen und meine Wangen fühlen sich an, als könnte man ein Spiegelei darauf braten. »Ist das ein Date?«

Sein Gesicht verzieht sich zu diesem süßen verschmitzten Grinsen, während er sich ein wenig vorbeugt. Seine Lippen berühren mein

Ohr. »Wenn du es so nennen willst.« Er zieht mein Ohrläppchen in seinen Mund, saugt einmal kurz daran, bevor er es wieder freigibt und mir zuzwinkert. »Bis Samstag.« Damit dreht er sich um und verschwindet in die Herrenumkleide.

Ganzkörpergänsehaut! Ich rühre mich nicht vom Fleck, schaue ihm nach, wie eine komplette Idiotin. Ich wollte was Cooles sagen. So etwas wie ›Mal sehen, wenn ich es einrichten kann, bin ich da.‹ Stattdessen frage ich ihn, ob das ein Date ist? Herrgott, ich möchte im Boden versinken! Soll ich überhaupt am Samstag herkommen? Sind ja noch vier Tage bis dahin. Mir bleibt also Zeit, darüber nachzudenken.

Selbstverständlich packe ich am Samstag meine Tasche und fahre ins Studio. Bedenken habe ich schon. Allerdings muss ich mich nicht fragen, ob ich ihn treffen will. Es ist das Wetter, das Zweifel in mir aufkommen lässt. Heute ist mit Abstand der heißeste Tag des Jahres. Zweiunddreißig Grad und total drückend. Gefühlt sind es eher fünfundvierzig Grad. Echt kein Wetter, um sich sportlich zu betätigen. Und im Studio fällt ständig die Klimaanlage aus. Bei der Hitze funktioniert die bestimmt wiedermal nicht. Unter normalen Umständen bekämen mich heute keine zehn Pferde da hin ... der Coach dagegen schon.

Auf dem Parkplatz herrscht gähnende Leere. Im Studio ist tatsächlich niemand, außer Olli. Es ist geradezu gespenstisch still und auch vom Coach ist weit und breit nichts zu sehen. Enttäuscht steuere ich die Stepper an. Wahrscheinlich kommt er bei dem Wetter gar nicht. Immerhin funktioniert die Klimaanlage, was an ein Wunder grenzt. Dann kann ich zumindest ein bisschen was tun, wenn ich schon mal hier bin. Ich habe gerade mein Handtuch auf das Gerät gelegt, da kommt Er rein, schaut sich um, sieht mich und winkt mir lächelnd zu. Dann geht er zum Tresen und spricht mit Olli. Nach einigem hin und her drückt Olli ihm etwas in die Hand. Dann gehen die beiden Rich-

tung Ausgang. ›Hä? Was wird das denn?‹ wundere ich mich. Eine
Minute später kommt der Coach allein zurück und bleibt vor meinem
Stepper stehen. Er hält mit triumphierenden Grinsen einen Schlüssel-
bund in die Höhe.

»Heue trainiert hier kein Mensch. Einfach zu heiß draußen. Ich konnte
Olli davon überzeugen, zwei Stunden Pause in der Eisdiele einzu-
legen.« Er hält einen Moment inne, schaut mir tief in die Augen.
»Zwei Stunden nur du und ich« der Ton, in dem er das sagt, nimmt
mir die Luft zum Atmen. Er klimpert mit dem Schlüsselbund. »Die
Eingangstür ist abgeschossen, niemand stört uns. Es sei denn, du
möchtest sie lieber wieder aufschließen. Dann nimm den Schlüssel
und tu es.«

Ich steige vom Stepper, ohne den Blick auch nur für eine Sekunde von
ihm abzuwenden. Ich kann froh sein, dass ich nicht stolpere. Auffor-
dernd strecke ich die Hand aus. Er gibt mir den Schlüssel, sieht aber
ein wenig enttäuscht aus, oder bilde ich mir das nur ein? Ich werfe
den Bund ein kleines Stück hoch und fange ihn wieder auf. ›Hui, der
Plan war, mit ihm Kaffee trinken zu gehen. Dass es sofort heiß wird,
hatte ich nicht geplant. Will ich das? Kann ich mich auf ihn einlassen?
Einfach so? Vertraue ich ihm genug? Ja, verdammt! Ich will ihn! Schon
seit Wochen schmachte ich ihn an. Obwohl ich eigentlich nichts über
ihn weiß, noch nicht einmal seinen Namen. Aber das macht einen Teil
des Reizes aus. Ich lächele ihn an, vielleicht ein bisschen zu strahlend,
aber das ist mir egal, und werfe den Schlüsselbund auf den Sattel
eines Fahrrads.

»Zwei Stunden ... Ich gehöre dir, Coach. Mach mit fit.«

Im ersten Moment wirkt er überrascht. Vermutlich hat er sich damit
abgefunden, dass nichts läuft, als ich ihm den Schlüssel abgenommen
hatte. Oder er wundert sich, über den Namen, mit dem ich ihn
angesprochen habe. Doch er fasst sich schnell, greift nach mir und
zieht mich an sich. Sein Körper strahlt Hitze aus. Seine Hände sind
plötzlich überall, wandern an meinen Rippen hinauf zu meinen Brüs-

ten. Er greift einmal kräftig zu, entlockt mir ein Wimmern. Im nächsten Moment streichelt er meine Oberschenkel, meinen Hintern. Himmel, wie viele Arme hat der Kerl eigentlich? Mir wird schwindelig. Abrupt lässt er mich los und tritt zwei Schritte zurück.

»Zieh dich aus!«

›Was so schnell? Jetzt sofort auf der Stelle?‹ Sein Ton duldet keinen Widerspruch. Eine Gänsehaut kriecht über meinen Körper. Ich mag Männer, die mir sagen, wo es lang geht. Ich schlucke und öffne mit fahrigen Bewegungen die Knöpfe meines blauen Sommerkleides, ziehe es aus und lege es über den Fahrradlenker. Jetzt stehe ich nur in Slip und BH vor ihm. Er lässt seinen Blick genüsslich über meinen Körper wandern. Von meinem Gesicht, hinunter zu meinen Brüsten, zu meinem Bauch und über den Tanga. Dann gleiten seine Augen an meinen Beinen entlang, bis zu den Zehen und genauso langsam wieder hinauf zu meinem Gesicht. ›Gefällt ihm, was er sieht? Also ich bin echt fit im Moment. Richtig gut in Form durch das viele Training. Meine Brüste könnten vielleicht etwas größer sein, aber sonst ... Ist doch einigermaßen okay, oder? Ich senke den Blick. Seine stumme Musterung macht mich nervös.

Stille.

»Weiter!«

Ach so ... darauf wartet er. Herrje. Wie gut, dass ich mich heute Morgen unter der Dusche noch rasiert habe! Ich harke den BH auf und hänge ihn zu meinem Kleid über den Lenker. Am Schluss kommt das Höschen dran und dann stehe ich mit gesenktem Kopf vor ihm. Im Moment muss ich mich für das, was er zu sehen bekommt nicht schämen, trotzdem kann ich diesen Anflug von Schüchternheit nicht unterdrücken. Sein intensiver Blick und die Tatsache, dass er noch vollständig angezogen ist, während ich ebenso vollständig nackt bin, macht mich nervös. Ich starre auf seine Schuhe, die sich in diesem Moment auf mich zu bewegen. Ich rühre mich nicht vom Fleck, während er um mich herumgeht und hinter mir anhält. Er greift um mich herum, umschließt mit einer Hand meine Brust und zieht mich an sich. Ich spüre, dass er ein wenig in die Knie geht, dann legt er die andere Hand auf meine Scham, drückt meinen Arsch gegen sein Becken. Ich stelle fest, dass ihm zu gefallen scheint, was er da tut. Zumindest bekundet sein bester Freund Interesse. Ich reibe meinen Hintern an ihm. Sein Schwanz wächst weiter, das spüre ich sogar durch den Stoff seiner Hose. Mhm, ich mag das Gefühl. Sein Atem streicht heiß über meine Haut. Er küsst diese empfindliche Stelle zwischen Hals und Schulter, was mich wohlig seufzen lässt. Er schiebt einen Finger in mich. ›Verdammt Coach, du verschwendest keine Zeit, was?‹ Mit der anderen Hand zwirbelt er meine Brustwarze zwischen Daumen und Zeigefinger. Ich stehe in Flammen, spreize die Beine, um ihm einen besseren Zugang zu ermöglichen.

»Ich möchte, dass du etwas für mich tust«, flüstert er mir ins Ohr.

»Was?«

»Die Adduktoren-Übung, Süße. Während ich dir beim letzten Training zugeschaut habe, dachte ich die ganze Zeit, wie geil das wäre, wenn du nackt wärst. Die Vorstellung war fantastisch und ich möchte das gerne sehen.« Er hält inne, küsst meinen Hals. »Die Adduktoren, für mich«, raunt er dann verführerisch.

»Jawohl, Coach. Wenn du es wünschst, gerne.«

Er lässt mich plötzlich los und haut mir so kräftig auf den Arsch, dass ich überrascht aufschreie. Mhm, das hat wehgetan. Ein Blitz fährt zwischen meine Schenkel. »Oh, ja«, stöhne ich.

Augenblicklich klatscht er ein zweites Mal auf meinen Hintern.

»Ich weiß, dass du darauf stehst, Süße. Frag mich nicht woher. Ich habe es dir angesehen.«

›Wundert mich nicht im Geringsten‹, denke ich, während ich gehorsam in Richtung des Übungsgerätes laufe, an dem er mich sehen will. Ich habe den Dom in ihm ebenfalls erkannt. Vielleicht nur so eine Ahnung. Vielleicht erkennen Gleichgesinnte einander auch manchmal? Ich weiß es nicht. Ich lege mein Handtuch auf die Sitzfläche des Gerätes, bevor ich meinen nackten Hintern darauf parke, stelle die Füße auf die dafür vorgesehenen Stützen und drücke die Gewichte auseinander.

Er hat sich mir gegenüber auf dem Butterfly niedergelassen. Aber er trainiert nicht. Er schaut mir nur zu. Sein Blick klebt an meiner Pussy. Ich drücke die Gewichte nur für ihn auseinander. Damit er sie sehen kann. Ich starre auf die beachtliche Wölbung in seiner Hose. Sehe, wie er Knopf und Reißverschluss öffnet. Mit einem Griff in seine Hose befreit er seinen Schwanz, der sich stolz in die Höhe reckt. Doch bevor ich das Objekt meiner Begierde ausgiebig bewundern kann, schließt er seine Faust darum und beginnt ihn genüsslich zu wichsen. Mir stockt der Atem. Fasziniert schaue ich ihm zu.

»Mach weiter«, fordert er mich auf. Ich bemerke jetzt erst, dass ich mit der Übung innegehalten habe und folge eilig seiner Aufforderung. Doch nach nur zehn Wiederholungen höre ich auf. »Ich würde gerne zu dir rüber kommen, darf ich?«, frage ich.

Er nickt. »Ja, darfst du.«

Ich stehe auf, zögere. Einfach hinzugehen, erscheint mir nicht richtig, deshalb krieche ich mit, wie ich hoffe, lasziven Bewegungen, auf Händen und Knien zu ihm hinüber. So nah wie es möglich ist, ohne ihn zu berühren, halte ich vor ihm kniend an, schaue verlangend auf seinen Schwanz. Dann hebe ich den Kopf und blicke in sein Gesicht. Göttlich sein Gesichtsausdruck. Lüstern, sinnlich. Vermutlich sehe ich ähnlich aus. Ich ziehe ihm die Schuhe aus, streife ihm die Hose über die Beine und lasse sie achtlos neben mir auf dem Boden liegen. Meine Konzentration gilt seinem Schaft, den er immer noch mit langsamen Bewegungen verwöhnt. Gierig lecke ich mir über die Lippen.

»Schon gut, du kriegst ihn ja«, knurrt er, greift mir in den Nacken und schiebt mir das Objekt meiner Begierde in den Mund. Ich stöhne leise, konzentriere mich auf seinen Geschmack. Herb leicht salzig, mhm.

Hingebungsvoll sauge ich, umkreise seine Eichel mit meiner Zunge, küsse seine Spitze. Dann nehme ich seine volle Länge in den Mund und blase ihn leidenschaftlich.

»Ja, Süße«, brummt er genießerisch. Ich kitzele seine Eier mit der Zunge, lutsche sanft an ihnen und verwöhne dann wieder voller Enthusiasmus seinen Schwanz. Bis er meinen Kopf soweit nach hinten zieht, dass sein Schaft mir entgleitet. Er steht auf. »Komm mit!«

Ich folge ihm, quer durch den Raum, zur Hantelbank. »Leg dich auf die Bank, Beine spreizen, Füße auf den Boden, Hände an die Hantelstange.«

Ich beäuge die Stange misstrauisch. Da liegen ne Menge Gewichte drauf, die der Vorgänger nicht runtergeräumt hat. Er erwartet hoffentlich nicht, dass ich die hochdrücke? Unsicher schaue ich ihn an. Er verschlingt meinen nackten Körper mit seinen Augen. Nein, dem Coach ist gerade nicht nach Hanteltraining. Seine gierigen Blicke brennen auf meiner Haut, verstärken das Summen in meinem Schoß.

»Ja, Sir«, murmele ich leise, breite mein Handtuch aus und lege mich nach seiner Anweisung auf die Bank.

»Weiter!«, verlangt er mit einem flammenden Blick auf meine Mitte. Eilig spreize ich die Beine noch mehr. Er bedeckt meine Pussy mit seiner Hand. »Ja, genauso«, murmelt er, streicht mit zwei Fingern durch meine nasse Spalte und dringt dann tief in mich ein.

»Oh ja!«

Ich bewege mein Becken seiner Hand entgegen, stöhne genießerisch. Mit dem Daumen streichelt er meine Klit. Oh verdammt, das ist so gut.

KLATSCH.

Ich zucke zusammen. Ein Schrei zerreißt die Stille. Ich glaube, es war meiner. Hat er mir jetzt wirklich auf die Pussy geschlagen?

KLATSCH.

»Ah!« Oh ja, er hat! Meine Scham brennt.

KLATSCH.

Und wieder trifft er die gleiche Stelle. Meine Pussy lodert von innen und von außen. Die Haut brennt heiß von seinen Schlägen und in meinem Schoß pulsiert ein Feuer, das mich von innen verschlingt. Nach dem fünften Hieb beugt er seinen Kopf über meine Scham und leckt über mein flammendes Fleisch. Dann pustet er darauf. Sein Atem fühlt sich kühl auf meiner Hitze an und total intim. Mit der Zunge dringt er in meine Nässe ein. Er stößt ein wildes Knurren aus. Züngelt so geil, so intensiv, dass sich mein Verstand komplett verabschiedet. Ich bestehe nur noch aus Flammen, nur noch aus Lust, nur noch aus seinen Berührungen und meinen Schreien. Seine Lippen gleiten über meine, er saugt an meiner Knospe. Ich beginne zu beben. Er beißt fest in meine Schamlippen. Erst in die eine, dann in die andere, seine Zunge streichelt meine Klit.

»Oh Gott, das halte ich nicht aus!«, brülle ich. Dieser Wechsel von zart und hart, der Wahnsinn!

»Komm für mich, Süße. Lass mich deinen Orgasmus auf der Zunge spüren.«

Mehr brauche ich nicht. Ich kralle mich an der Hantelstange fest, lasse mich fallen. Die Lust rast durch meinen Körper, schlägt als Welle über mir zusammen, reißt mich mit sich. Seine Zunge steckt immer noch in mir, bemerke ich, als ich erschöpft wieder auftauche. Jetzt erst hebt er den Kopf, drückt ein paar sanfte Küsse auf meine Scham, streichelt meine Schenkel.

»Bitte, halt mich, nur für einen Moment«, murmele ich matt.

Wortlos zieht er mich hoch, setzt sich auf die Bank und zieht mich auf seinen Schoß. Ich kuschel meinen Kopf an seine nackte Brust, höre sein Herz schlagen. Wann hat er eigentlich sein T-Shirt ausgezogen? Ich habe es nicht mitbekommen. Egal. Ich hebe den Kopf und schaue zu ihm auf. Ich weiß, dass meine Augen leuchten, weil ich das Leuchten in mir spüre. Er lächelt, küsst mich. Ich schmecke mich selbst, während seine Zunge meine streichelt. Seine Arme um mich fühlen sich verdammt gut an. Aber ich nehme mir nicht allzu viel Zeit. Wir beide sind noch lange nicht fertig miteinander. Ich platziere kleine nasse Knabberküsse auf seinem Hals.

»Das war geil«, flüstere ich ihm ins Ohr. »Aber ich brauche mehr von dir. Bitte, benutz mich. Lass dich gehen. Ich will deine Lust spüren. Bitte, tob dich an mir aus.«

Er schaut mir tief in die Augen.

»Weißt du, was du da sagst?«

Ich atme dreimal ganz bewusst ein und aus. Dann lächele ihn an. »Ja, Sir. Das war sozusagen ein Blankoscheck. Ich habe jedes Wort genauso gemeint.«

»Und wenn ich Lust habe, dir wehzutun?«

»Dann werde ich den Schmerz für dich willkommen heißen.«

Er greift mir in die Haare und zieht so fest, dass ich Kopf und Oberkörper zurückbiege. Dann greift er mit beiden Händen nach meinen Nippeln. Zwirbelt sie, kneift leicht hinein und zieht dann an ihnen. Er sieht mir fest in die Augen und er schaut dabei eindeutig auf mich herunter. Nicht auf eine herablassende Art, im Gegenteil. Er blickt hinter die Fassade, sieht die Sub in mir und triggert sie. Ich bin schon vorher seinen Befehlen gefolgt, habe mich von ihm dominieren lassen. Doch in diesem Augenblick ist er wirklich mein Herr. Nichts anderes zählt, außer dem Jetzt und außer ihm. Ich lasse die Welt und mich selbst los, denn er hält mich, und ergebe mich ihm und dem Schmerz, den er mir zufügt. Er lässt mich kurz los, vermutlich, um mir eine kleine Pause zu gönnen. Ich nutze den Moment, rutsche von seinem Schoß und gehe vor ihm auf die Knie und lege meine Hände mit den Handflächen nach oben auf meine Oberschenkel. Ich fühle mich wohl bei ihm in dieser Position. Er streichelt meine Wange. Sein Blick voller Stolz und Dankbarkeit, tut mir gut und sagt mir, dass er meine stumme Unterwerfung verstanden und bewusst angenommen hat. Dieser Augenblick ist still, harmonisch und einfach perfekt. Einige

Atemzüge lang halten wir ihn fest, dann greift er erneut nach meinen Brüsten. Ausgiebig knetet er sie, kneift in meine Nippel, entlockt mir kleine Laute, irgendwo zwischen Jammern und Jauchzen. Dann zieht er meine Brustwarzen so lang, dass ich schließlich gezwungen bin, noch ein Stückchen nach vorne zu rutschen. Offenbar wollte er das erreichen, denn er hört auf zu Ziehen, umfasst meine Titten wieder, beugt sich vor, platziert seinen Schwanz in das Tal dazwischen. Dann drückt er meine Brüste fest zusammen und fickt sie mit langsamen Stößen. Ich beuge den Kopf und lecke über seine Eichel, immer wenn er nach vorn stößt. Er hat große, kräftige Hände. Ich mag es, wenn er zupackt. Sein harter Schwanz gleitet zwischen meinen weichen Hügeln vor und zurück. Es ist toll, ihn zu spüren. Doch irgendwann lässt er meine Brüste los.

»Steh auf!«, befiehlt er.

Ich erhebe mich. Er zieht mich an sich, küsst mich hungrig, während er meine Backen knetet.

»Beug dich über die Hantelbank und stütz dich mit den Unterarmen dort ab. Beine leicht gespreizt.«

Ich gehorche ihm.

Er ist hinter mir stehen geblieben, presst sein Becken gegen meinen Arsch. Sein Ständer in dieser Region macht mich ein wenig nervös. Aber für zwei Stunden bin ich die Sklavin seiner Lust und wenn er meinen Hintereingang will, bekommt er ihn. Die Wand vor uns ist verspiegelt, deshalb kann ich ihn beobachten. Allerdings nicht so gut, wie ich mir das wünsche.

»Die Hantelstange behindert meine Sicht. Ich würde dich gerne komplett sehen. Könntest du sie auf den Boden legen?«, bitte ich ihn.

»Klar«, sagt er und kommt meinem Wunsch nach.

»Danke, Sir.«

Er beugt sich kurz zu mir und gibt mir einen Kuss. »Bitte.«

Er streichelt meinen Rücken, meinen Hintern, Oberschenkel, streicht über meine Schamlippen und schlägt mir dann kraftvoll auf die rechte Backe.

»Ah!«

Und gleich noch mal auf die Linke.

»Au!«

Er studiert mein Gesicht im Spiegel, während er abwechselnd meine Backen spankt.

Ich weiß instinktiv, dass er mir nicht zuviel zumuten wird. Er beobachtet mich genau. Ich fühle mich wohl und sicher bei ihm. Keine Ahnung, wie oft seine Hand meinen Hintern trifft. Er hat mich nicht aufgefordert mitzuzählen und ich habe auch nicht daran gedacht. Mein Arsch brennt wie Feuer. Jetzt streichelt er ihn und ich wette, er kann die Hitze unter seinen Handflächen fühlen. Er zieht meine Backen weit auseinander. Mein Herz setzt einen Schlag aus. Mit einem Finger massiert er meine Rosette. Das ist irgendwie geil, doch gleichzeitig ist es mir unangenehm. Mein Herz klopft wild. Ich sehe im Spiegel, wie er nach seinem Schwanz greift und im nächsten Moment taucht er ihn tief in meine nasse Pussy.

›Oh ja!‹, ein Wahnsinnsgefühl ihn in mir zu spüren. Ich stöhne laut, zeige ihm, wie sehr mir das gefällt. Er fickt mich tief, langsam und voller Genuss. Sein Gesicht im Spiegel, die reine, ungezügelte Lust. Mein Spiegelbild zeigt die gleiche hungrige Ekstase. Wow, mit ihm zu vögeln ist der Wahnsinn, wie diese ganze Session. Einfach irre. Meine Schreie hallen laut durch den Raum. Ich glaube, sie spornen ihn an. Er wird schneller, stößt härter zu. Seine Eier klatschen gegen meinen Arsch. Hin und wieder klatscht seine Hand noch mal auf meine Backen. Sein Stöhnen mischt sich mit meinen Schreien. Wir werden immer lauter, immer leidenschaftlicher, immer euphorischer.

»Oh ja das ist so gut. Hör nicht auf! Fick mich härter!« Ich mag Dirtytalk, wenn ich so richtig geil bin.

Unaufhaltsam treiben wir dem Himmel entgegen. Sein Gesicht im Spiegel, einfach göttlich. Die pure wilde Geilheit. Mit einer Hand packt er meine Hüfte, mit der anderen langt er zwischen meine Schenkel nach meiner Perle. Reizt mich.

›Oh nein, nicht doch! Ich kann mich doch so schon kaum zurückhalten! Ah!‹

Er rammt seinen Schwanz in meine Pussy. Ich kann mich nicht mehr … ich … nein … Ja! Ich schreie, beginne zu zucken. Auch er zuckt, ergießt sich tief in mir. Oh wow. Der Wahnsinn! Ich bin vollkommen erledigt, Schweiß steht mir auf der Stirn. Ein Tropfen läuft an meinem Hals entlang, rinnt hinunter und tropft auf mein Handtuch.

Er zieht sich aus mir heraus und ich stehe auf, weil ich mich kaum mehr auf der Bank halten kann, und falle ihm in die Arme. Wir bewegen uns irgendwie in Richtung der Bodenmatten, lassen uns dort nieder und kuscheln uns eng aneinander. Immer noch schwer atmend, immer noch schweißnass küssen wir uns, verhakeln uns ineinander. Doch je mehr ich wieder zu Atem komme, desto mehr wird mir bewusst, dass unsere Zeit unaufhaltsam verrinnt. Nur zwei Stunden hatten wir. Ich habe jedes Zeitgefühl verloren.

»Wie lange noch?«, flüstere ich ihm ins Ohr.

Er drückt mich an sich. »Zehn Minuten … es wird langsam Zeit.«

Ich schlucke hart. Ich könnte jetzt noch stundenlang mit ihm hier liegen. Aber er hat recht.

»Das war wunderschön«, murmele ich.

»Ja, das war es.« Er gibt mir einen Kuss. »Sei nicht traurig«, sagt er, als er mein Gesicht sieht und streichelt meine Wange. »Wir wiederholen das.« Er lacht leise. »Nur vielleicht nicht gerade hier. Wir finden einen anderen Ort.«

»Ja«, sage ich nur. Wir lösen uns widerwillig voneinander, sammeln unsere Klamotten zusammen. Er schließt noch schnell die Eingangstür wieder auf, bevor wir beide in die Duschen verschwinden. Leider nicht gemeinsam, dafür bleibt keine Zeit mehr.

Und ich weiß noch immer nicht seinen Namen.

Malika und der Dämon

Um sie herum bedrohliche Stille. Sie saß auf einer schmalen Pritsche. Unmöglich, die eigene Hand zu erkennen, selbst dann, wenn Malika sie nah vor ihre Augen hielt. Doch sie wusste auch so, wie ihre Umgebung aussah. Vier dicke Steinwände, leicht unebener grauer Steinboden. Kein Fenster.

Die absolute Finsternis in diesem gottverlassenen Kerker war das Schlimmste, denn sie konnte die drei Monde nicht spüren. Nicht sehen, wie sie Neranon in ihr silbernes Licht tauchten. Ihr Schein sorgte dafür, dass es niemals dunkel wurde in ihrer Welt.

Malika war eine Hexe, ein Geschöpf der Natur, das seine Kräfte aus den drei Monden bezog. Die Mondenergie verband sich mit ihrem Blut und floss durch ihre Adern. Als Hexe war sie in der Lage, diese Energie zu bündeln und als Magie freizusetzen.

Selbst wenn sie sich in geschlossenen Räumen befand, hemmte das den Energiefluss in ihr normalerweise nicht, denn auf Neranon baute man fast alles aus Holz. Ein natürlicher Baustoff, durchlässig für die Mondenergie. Wald gab es genug, denn die drei Monde ließen die Bäume innerhalb weniger Jahre so mächtig wachsen, dass ein Mann die gewaltigen Stämme nicht mit beiden Armen umfassen konnte.

Doch hier, durch die meterdicken Steinmauern drang nicht der kleinste Funken der für sie so wichtigen Energie. Malika fühlte sich kraftlos, hoffnungslos und sie hatte Angst.

Neranon, ihre Heimat, war eine wunderschöne, multikulturelle Welt. Hier lebten Elfen, Dämonen, Hexen, Gnome und die magielosen Menschen harmonisch zusammen. Für den Frieden sorgte Gartos, der erhabene Zauberer mit eiserner Hand.

Eigenständiges Denken war erwünscht, solange man dachte, wie Gartos es lehrte. Die eigene Meinung war erlaubt, solange sie sich mit der von Gartos deckte.

Das hörte sich schlimmer an, als es war, denn der erhabene Gartos war ein gerechter Herrscher.

Doch Malika war ein Freigeist, der gern eigene Ideen entwickelte. Leider konnte sie ihr vorlautes Mundwerk nicht halten. Dieser Umstand hatte sie in den Fokus von Gartos Spionen und letztlich hierher gebracht.

Was geschah jetzt mit ihr? Was würden sie ihr antun? Würde sie je das Licht der drei Monde wiedersehen? Jemals ihre Energie wieder spüren?

Ein Schlüssel knarzte im Schloss. Malikas Herz setzte zwei Schläge aus. Die Angst nahm ihr den Atem. Sie zog ihre Knie eng an den Körper, versuchte, das Zittern zu unterdrücken. Sie kniff die Augen für einige Augenblicke fest zusammen. Konzentrierte sich auf sich selbst. Ein letzter ruhiger Moment, bevor ... Bevor was? Würde man sie verhören? Foltern?

Schritte.

Die schwere Tür ihres Gefängnisses fiel ins Schloss.

Stille.

Sie zwang sich, die Lider wieder zu öffnen. Immerhin konnte sie jetzt etwas sehen, auch wenn sie weiterhin von ihrer natürlichen Energie abgeschnitten war.

Vor ihr stand ein Mann, nein eher schon ein Hüne mit einer Fackel.

Sie musterte ihn. Goldblonde Haare, die ihm bis auf die breiten, nackten Schultern reichten, denn obwohl es recht kühl in diesem Gemäuer war, trug er kein Hemd. Seine Haut schimmerte in einem leicht oliven Ton. Die dunkelbraune, weite Hose steckte in kniehohen schwarzen Stiefeln, die Schuhspitzen gepudert mit rötlichem Staub. Augen, die schwarz wirkten, aber vielleicht lag das auch nur am Fackelschein. Er war auf eine dunkle, herbe Art schön. Seine Präsenz füllte ihre Zelle so umfassend, dass sie sich in die Ecke gedrängt fühlte, obwohl er drei

Schritte von ihr entfernt stand. Stumm schaute er sie an, fesselte ihren Blick. Unmöglich wegzuschauen, bis er nach einer gefühlten Ewigkeit endlich den Augenkontakt unterbrach und sich abwandte, um die Fackel in eine Halterung in der Wand zu einzustecken.

Was für einer Spezies gehörte er an? Ein Dämon? Ein Dunkelelf? Für einen Dämon wäre er recht schmal gebaut. Gerade männliche Dämonen waren gewöhnlich stämmig und muskelbepackt, Dunkelelfen dagegen eher schmalgliedrig und schlank.

Dennoch, ihr Instinkt, der sie selten trügte, sagte ihr, dass ihr ein Dämon gegenüber stand. Letztlich egal, welcher Spezis er angehörte. Beide Wesen verfügten über starke dunkle Magie und mit beiden war nicht zu spaßen.

Er kam zurück, blieb wiederum drei Schritte vor ihr stehen und schaute auf sie herab. Sein Haar glänzte im Fackelschein. Die Hände hatte er hinter dem Rücken verschränkt. In einer Schlaufe seines Gürtels hing eine Peitsche, die ihre Aufmerksamkeit fesselte. Ihre Angst wuchs. Sie wusste die süße Qual eines ordentlichen Spankings durchaus zu schätzen. Aber auf lustvollen Schmerz würde das hier kaum hinauslaufen. Unfähig den Blick abzuwenden, starrte sie das Schlaginstrument an. Bis ihr plötzlich bewusst wurde, dass sie ihm direkt in den Schritt guckte. Geschockt sah sie hoch, blickte wieder in sein schönes, düsteres Gesicht mit den schmalen Lippen und den stark ausgeprägten Wangenknochen. Ein Muskel zuckte an seinem Kinn und sie glaubte, so etwas wie Mitleid in seinen schwarzen Augen zu erkennen.

Malika wurde eiskalt. Wenn ein Kerkermeister, dazu noch ein Dämon, Mitgefühl zeigte, würden die nächsten Stunden verdammt schwer für sie werden.

Doch er schüttelte kaum merklich den Kopf.

»Keine Angst. Ich tue dir nichts.«

Er hatte nicht gesprochen, zumindest nicht im herkömmlichen Sinne. Seine Stimme ertönte direkt in ihrem Kopf. Dämonen beherrschten Telepathie und waren in der Lage, ihre Botschaften auch an Wesen zu senden, die diese Fähigkeit nicht besaßen.

»Aber du musst schreien.« Plötzlich lag die Peitsche in seiner Hand, ohne dass sie die Bewegung wahrnahm, mit der er sie aus der Gürtelschlaufe gelöst hatte. Doch auch darüber wunderte sie sich nicht. Dämonenmagie war seltsam.

»Was?«, fragte sie verwirrt.

»Schrei!« Er holte aus, ein scharfes Zischen erfüllte den Raum, dann ein dumpfes Klatschen. Ihr panischer Schrei zerriss die Stille. Doch der erwartete Schmerz blieb aus. Verblüfft schaute sie an sich herab. Er hatte wenige Millimeter vor ihr auf die Pritsche geschlagen, ohne sie zu treffen. Kein Zweifel, dass er sie absichtlich verfehlt hatte. Überrascht blickte sie ihn an.

»Gut so!«

Schon sauste die Peitsche erneut nieder und auch dieses Mal traf sie nicht. Vor lauter Erstaunen vergaß sie zu schreien.

Er schüttelte missbilligend den Kopf. »Es muss echt wirken, Hexe. Ich tue dir nichts, aber wenn das jemand draußen mitbekommt, schicken sie einen Anderen und dann wird es unangenehm für dich.«

Wieder ertönte seine Stimme direkt in ihrem Kopf. Sie nickte und schrie, während er die Peitsche wieder und wieder niedersausen ließ und immer nur einen Hauch daneben zielte, ohne sie jemals zu treffen.

Anfangs zuckte sie bei jedem Peitschenknall zusammen. Doch nach und nach entspannte sie sich. Er schaute noch nicht einmal hin, wenn er zuschlug, sondern sah ihr ins Gesicht. Dämonische Präzision.

Malika glaubte, in seinen schwarzen Augen zu versinken. Unmöglich, den Blick von ihm loszureißen.

Schließlich verstummte das unheimliche Knallen und Zischen und die Peitsche steckte wie von Zauberhand wieder in seiner Gürtelschlaufe.

»Du brauchst die Energie der drei Monde offenbar nicht, um deine Magie zu wirken.« Die Worte waren heraus, bevor sie darüber nachdenken konnte. Sie biss sich auf die Lippen. Bestimmt lag es ihm fern, sie in die Geheimnisse der Dämonenmagie einzuweihen.

»Ich kann die Energie tagelang in meinem Inneren speichern.«

»Wow«, murmelte sie. »Sehr praktisch ... Danke. Ich weiß nicht, warum du mich verschont hast, aber ich bin dir wirklich dankbar dafür.«

Er nickte knapp. »Ich gehe jetzt. Ich komme später wieder.«

»Warte!«

Er hob eine Braue.

»Kannst du nicht noch ein bisschen bleiben? Ich meine ... müsste ich nach den Schlägen nicht viel mitgenommener aussehen?«

Sie spürte einen leichten Zug dunkler Magie, wie ein Schauder auf ihrer Haut und stöhnte leise auf. Sie vermisste ihre Energie so sehr, dass selbst dieser kleine, fremdartige Hauch schon wie eine Erlösung wirkte. Leider verging das Gefühl viel zu schnell. Sie schaute an sich herab. Ihr Kleid wies Risse an unzähligen Stellen auf. So als hätte jeder Streich sie tatsächlich getroffen. Durch den zerrissenen Stoff konnte sie sogar Striemen auf ihrer Haut erkennen. Sie pikte probeweise auf eine rote Linie, spürte aber keinen Schmerz. Sein Blick schien von etwas jenseits ihres Kinns gefesselt zu sein. Sie folgte der Blickrichtung und stellte fest, dass ein Riss sich genau über ihrer linken Brust befand und ein Nippel rosarot herausblitzte.

»Oh«, hauchte sie. Mit einmal Mal pflanzte ihre Fantasie Bilder in ihren Kopf, die ebenso verstörend wie erregend waren. Sie sah sich selbst und ihn, ineinander verschlungen im Rausch wilder Leidenschaft. Wow. Sie widerstand dem Drang, die offene Stelle über der Brust mit dem Arm zu bedecken. Sehnsucht erfasste sie. Wie war das möglich in dieser Situation? Lag es an dem intensiven Blickkontakt, den sie fast die ganze Zeit über gehalten hatten? Sie wollte aufstehen, doch die schwere Kette an ihrem rechten Handgelenk hielt sie davon ab.

Sein prüfender Blick traf sie und im nächsten Moment lag die dicke Eisenkette vor ihr auf der Pritsche. »Danke«, flüsterte sie und stand auf. Sie wusste nicht warum, aber sie musste ihn berühren. Aus Dankbarkeit? ... Nein ... Da war plötzlich etwas ... Die Temperatur in der Zelle schien sich erhöht zu haben. Sie überbrückte die kurze Distanz zwischen ihnen, legte beide Handflächen auf seine Rippen. Seine Haut fühlte sich kühl an, was nicht überraschend war, denn die Körpertemperatur von Dämonen liegt kaum höher als achtzehn Grad. Ihre Hände glitten langsam höher zu seiner Brust, kratzten über seine Brustwarzen, hoch zu seinen Schultern. Sie hob den Kopf. Er hatte sich keinen Millimeter bewegt. Sein Blick, schwarzes Feuer, das sie zu versengen drohte. Jetzt packte er sie und in der nächsten Sekunde hatte er sie hochgehoben, auf seine Hüften gesetzt und sie mit seinem Körper gegen die Wand gepresst.

»Weißt du, was du da tust, Hexe?«, knurrte er in ihrem Kopf.

»Ich heiße Malika«, flüsterte sie, ohne auf seine Frage einzugehen. Im nächsten Moment presste er seine kühlen Lippen auf ihre und seine Zunge eroberte ihren Mund. Sie schlang die Arme um ihn, hielt sich an seinen Schultern fest. Sein Kuss, besitzergreifend, atemberaubend, doch er beendete ihn viel zu schnell. Auch drückte er sie nicht mehr so hart gegen die Steinmauer. Etwas veränderte sich kaum merklich und sie fühlte sich eher gehalten als beherrscht.

Aufmerksam schaute er sie an, streichelte sanft ihre Wange. »Du bist geschwächt«, murmelte er und klang tatsächlich besorgt.

»Die Mauern schneiden mich ab von meiner Energie«, erwiderte sie verlegen. Sie wollte nicht schwach sein. Nicht jetzt, nicht bei diesem Mann. Sie versuchte ein verführerisches Lächeln. »Ich bin gar nicht so abgeneigt, deine Peitsche zu spüren, wenn du sie für ein lustvolles Spanking gebrauchst. Kannst du das?«, fragte sie herausfordernd.

Im nächsten Moment schallt sie sich selbst eine Idiotin. Er hatte sie vorhin verschont. Warum er das getan hatte, blieb sein Geheimnis. Sie sah sich als Opfer der Willkür des mächtigen Zauberers. Als Gefängniswärter in Gartos Diensten war der Dämon ihr Feind. Diesen Job hatte man ihm sicherlich nicht gegeben, weil er für Gnade und Sanftmütigkeit bekannt war. Und sie dummes Schaf, hatte nichts Besseres zu tun, als sich diesem Schlächter an den Hals zu werfen.

Er strich mit dem Daumen über ihre Unterlippe. »Selbstverständlich kann ich das. Aber nicht jetzt und nicht hier. Ich komme wieder.«

Im nächsten Augenblick lag sie auf ihrer Pritsche, die schwere Kette wieder um ihr Handgelenk geschmiedet und er war verschwunden. Für einen kurzen Moment fragte sie sich, ob sie das alles nur geträumt hatte. Doch er hatte die Fackel dagelassen, die ihre Zelle in trübes Licht tauchte. Auch ihr Herz pochte noch immer unruhig und zwischen ihren Schenkeln spürte sie Feuchtigkeit.

Gleichzeitig fühlte sie sich innerlich zerrissen, matt und ausgelaugt und jetzt, wo der Dämon weg war, lähmte die Angst sie erneut. Sie starrte an die Decke, wo der Fackelschein zuckende Lichtspiele hinterließ. Stundenlang, wie es ihr schien. Bis sich der Tanz der Flamme verlor und sie nichts mehr sah.

Behutsam streichelte eine kühle Hand über ihre Wange. Sie schmiegte sich daran auf der Suche nach Geborgenheit. Erst die leichten Klapse, die folgten, brachten sie dazu, widerwillig die Lider zu öffnen. Sie blickte in schwarze Augen.

Schnell legte er seine Hand über ihren Mund und dämpfte ihren erschrockenen Schrei.

»Pst, komm, aber leise«, raunte er und zog sie mit sich.

Die Eisenkette an ihrem Handgelenk hatte er bereits gelöst und so griff sie nach seiner Hand und ließ sich mitziehen. Hinaus aus der Zelle, durch einen Flur mit vielen Kerkertüren. Dann ging es eine enge Wendeltreppe hinauf. Sie zählte die Stufen nicht, doch als sie endlich oben ankamen, war Malika außer Atem. Er schloss eine Tür auf und hinter ihnen wieder ab. Sie schaute sich in dem runden Raum um. Es gab wenig Mobiliar. Ein Tisch, zwei Stühle, ein Bett. Offenbar handelte es sich ebenfalls um eine Gefängniszelle, wenn diese hier auch etwas komfortabeler war als ihre eigene. Doch hoch oben in der Decke befand sich ein großes Loch, durch das die drei Monde ihren silbernen Schein sandten.

Direkt unter der Lichtquelle fiel Malika auf die Knie, reckte die Arme in die Höhe, als wolle sie das Licht anfassen. Was für ein Gefühl! Sie hätte gern die Augen geschlossen während die Energie in ihren Körper strömte, ihr Kraft und Zuversicht schenkte. Doch sie konnte nicht wegsehen. Zu schön war das Mondlicht.

Eine gefühlte Ewigkeit kniete sie dort, bis nicht nur ihr Innerstes, sondern einfach jeder Winkel ihres Körpers wieder aufgeladen war und sie sich seiner Gegenwart überdeutlich bewusst wurde.

Er hatte auf einem Stuhl Platz genommen und beobachtete sie unverwandt. Sie glaubte Bewunderung in seinem Blick zu erkennen und lächelte. »Bitte komm her«, bat sie leise und bemerkte, dass sogar ihre Stimme einen volleren Klang hatte.

Wortlos stand er auf und näherte sich ihr, bis sie nur wenige Zentimeter vor ihm kniete. Sie hob den Blick, öffnete den Mund, um ihm zu danken, schloss ihn aber wieder, ohne etwas zu sagen. Sich in dieser Position zu bedanken ließ sie klein und schwach wirken. Das wäre falsch. Sie wollte ihm etwas anderes von sich geben. Hingabe, keine Erniedrigung. Unterwerfung ... ja, aber nicht als Gefangene dem Feind gegenüber, der sie in die Knie zwang, sondern als Frau gegenüber dem Mann, den sie begehrte.

Ein anderer Gedanke drängte sich ihr auf. Sie verfügte nun über ihre Magie, fühlte sich vollständig. Sie wäre nicht in der Lage, ihn zu töten, dafür war er zu stark. Aber wenn sie ihre Energie bündelte und sie direkt auf seine Kronjuwelen abfeuerte, könnte sie ihn zumindest für einige Minuten außer Gefecht setzen. Lange genug, um ihm den

30

Schlüsselbund abzunehmen und zu fliehen. Vielleicht ihre einzige Chance hier rauszukommen. Sie dachte eine volle Minute darüber nach. ›Nein‹, entschied sie dann. ›Er hat mich nicht in diese Situation gebracht und mir nichts Böses getan, im Gegenteil. Ihm seine Hilfe mit einem Angriff zu danken, wäre mies ... Außerdem will ich ihn. Ich flüchte, sobald sich die Gelegenheit bietet. Aber nicht jetzt und nicht so.‹

Sie blieb auf den Knien, drückte den Rücken stolz durch und legte die Hände mit den Handflächen nach oben auf ihre Oberschenkel. Als sie den Blick hob und in seine schwarzen Augen sah, bemerkte sie an der Art, wie er sie beobachtete, dass er ihre Gedanken erraten hatte. Er war auf der Hut. Niemals hätte sie die Chance bekommen, ihn zu überwältigen. Für einen Moment schämte sie sich, aber dann zuckte sie die Schultern. »Ich musste zumindest darüber nachdenken und die Entscheidung bewusst treffen«, sagte sie trotzig.

»Ich weiß«, ertönte seine ruhige Stimme in ihrem Kopf.

Sie lächelte ihn an, froh, dass er nicht böse war.

»Warum hilfst du mir überhaupt?«

»Du solltest nicht hier sein«, erwiderte er nur.

Mit dieser Meinung waren sie schon zu zweit. Sie nickte. Überflüssig darüber zu reden, warum sie sich in diesem dunklen Loch befand.

»Ich habe mich entschieden«, sagte sie stattdessen. Hielt inne, holte noch einmal tief Luft. »Bitte ... ich will dich.«

Seine Magie kribbelte kurz auf ihrer Haut und im nächsten Moment kniete sie nackt vor ihm. Er zog seine Energie nicht zurück, sondern hüllte sie damit ein, wie in einen sicheren Kokon. Dämonenmagie fühlte sich anders an als ihre eigene. Dunkel, kühl und dennoch berauschend. Malika verstand nicht, warum seine Energie dieses Feuer in ihr erzeugte, die ihren ganzen Körper bis in ihr Innerstes ent-zündete und sie zu versengen drohte, doch genauso war es. Sie seufzte auf. Wildes Verlangen raste durch ihre Adern. Stöhnend bog sie den Rücken durch, öffnete ihren Geist weit für ihn und ließ sich fallen, im Vertrauen darauf, dass er sie halten würde. Das Pochen in ihrer Klit hallte in jeder Pore wieder und er hatte sie noch nicht einmal angefasst, sondern ausschließlich mit seiner Magie durchdrungen. Er schwächte den Energieschub etwas ab, gab ihr die Möglichkeit einen klaren Gedanken zu fassen. Plötzlich hielt er seine Peitsche wieder in der Hand.

»Willst du sie spüren, Malika? Sag mir, ob du dazu bereit bist.«

»Ja! Ich bitte dich, Herr, schlag mich«, rief sie sofort. Überflüssig, lange zu überlegen.

Doch als er das Schlaginstrument hob, rief sie: »Halt, warte!«

Er ließ den Arm wieder sinken, schaute sie abwartend an.

»Wie heißt du eigentlich?«

Ein kaum merkliches Schmunzeln schlich sich in seine Mundwinkel. »Mein Name ist Matrid.«

»Matrid«, murmelte sie, als wollte sie ausprobieren, wie er sich auf ihren Lippen anfühlte. »Bitte züchtige mich, Matrid.«

»Es gefällt mir, wenn du meinen Namen aussprichst, deshalb wirst du ihn nach jedem Schlag sagen und mich um den nächsten Hieb bitten. Solange, bis du genug hast.«

»Jawohl Herr, wie du wünschst. Ich bin bereit.«

»Vierfüßlerstand«, befahl er knapp und trat einen Schritt zurück.

Kaum hatte sie die gewünschte Pose eingenommen, sauste die Peitsche auf ihren Arsch nieder. Der Schlag war kräftig und schmerzhaft, doch gleichzeitig streichelte er sie mit seiner Magie, ließ sie wie kleine Ameisen über ihre Haut kribbeln.

»Danke Matrid, gib mir bitte mehr.«

Schon rauschte der nächste Hieb auf ihren Rücken nieder.

»Ah, bitte schlag mich, Matrid.«

Ein Peitschenhieb nach dem anderen traf ihre Haut und immer wieder bat sie ihn um mehr. Nach zwanzig Schlägen befahl er ihr, sich auf den Rücken zu legen, die Fußsohlen auf den Boden zu stellen und die Beine zu spreizen. Er zielte auf ihre Brüste, Bauch, Oberschenkel und ihre Scham. Je heftiger seine Hiebe brannten, desto mehr Magie schickte er durch ihren Körper, sorgte dafür, dass sie vor Leidenschaft glühte. Nach weiteren zwanzig Schlägen hatte sie immer noch nicht genug. Ihr Körper stand in Flammen, Schmerz und Lust vereinten sich zu einem Cocktail, der sie rasend vor Gier um mehr betteln ließ.

Also befahl er ihr, sich erneut in den Vierfüßlerstand zu knien, verteilte weitere Hiebe auf ihre Backen und Schenkel und fing sie mit seiner Magie auf. Bis sie nach weiteren fünfzehn Schlägen einen gigantischen Orgasmus erlebte, so heftig, dass sie sich nicht mehr im Vierfüßlerstand halten konnte und sich einfach auf den Boden plumpsen ließ. Sofort war er bei ihr, nahm sie in seine Arme, streichelte sie sanft. Endlich spürte sie auch seine reale Nähe. Nicht nur Präsenz und Magie, sondern seine Hände, seine Haut an ihrer, seine Lippen und seinen Atem, der über ihren erhitzten Körper strich. Sie glaubte zu ertrinken, in diesem zärtlichen Rausch.

Nachdem sie die Kontrolle über ihre Sinne halbwegs zurückgewonnen hatte, begann sie ihn zu streicheln und zog ihre Energie dabei sachte durch ihn hindurch. Ihre Hände erzeugten Hitze auf seiner kühlen Haut. Ihre Magie durchströmte ihn und sorgte dafür, dass sich die Lust bis in den letzten Winkel seines Körpers ausbreitete. Doch als sie ihre Energie durch seinen Schwanz schickte, stieß er ein kehliges Grollen aus.

»Du raubst mir den Verstand«, knurrte er, drehte sie auf den Rücken, hielt ihre Arme rechts und links neben ihrem Kopf fest und drang sofort tief in sie ein. Er fickte sie mit harten, gierigen Stößen. Ihr Körper brannte bereits von den Schlägen. Zusätzlich presste sie mit hemmungsloser Leidenschaft auf den harten Fußboden. Morgen würde ihre Rückseite sicher blau und grün leuchten. Dennoch, diese wilde Raserei trieb sie in Höhen, in denen sie noch nie zuvor gewesen war. Sie war nicht in der Lage, ihre Schreie zu zügeln, doch er schirmte ihre Lautstärke mit einem Energiefeld ab und verhinderte, dass auch nur ein Mucks nach draußen gelangte. Als sie kam, glaubte sie, zu zerbersten. Mit einem zügellosen Schrei pumpte er seinen Saft in sie. Danach zog er sich nicht aus ihr zurück, drosselte lediglich das Tempo. Die dämonische Ausdauer war legendär auf Neranon, doch Malika wusste nicht so recht, ob sie sich darüber freuen sollte. Sie konnte einfach nicht mehr. Doch jetzt vögelte Matrid sie langsam und genussvoll und zog seine Energie dabei durch sie hindurch. Die drei Monde versorgten sie zusätzlich mit neuer Kraft. Bald fühlte sie, wie ihre Reserven sich wieder auffüllten und sie begann ihren Energiefluss durch seinen Körper leiten. Die Magie des Anderen vervielfachte ihre Leidenschaft, sodass sie einander wahnsinnig intensiv spürten. Nicht nur die Stöße, den Rausch, die Ekstase ihres Liebesspiels, sondern auch die Energiequelle, die tief im Partner sprudelte. Sie genossen einander ganz bewusst, bis die Geilheit sie erneut übermannte und ihre Bewegungen härter und schneller wurden. So hart, dass ihre Leiber aneinander klatschten und schmatzen. Gierig küssten sie sich, bis der Druck so stark wurde, dass sie gemeinsam explodierten. Für einen Moment schwebten sie im bodenlosen Nichts, bevor sie langsam wieder auf dem Boden des Turmzimmers landeten.

Sie brachten nicht die Kraft auf, sich voneinander zu lösen und aufs Bett zu legen. Hielten sich fest umschlungen und kosteten das Gefühl von Nähe aus und den Schweiß auf ihrer Haut, der sich vermischte. Irgendwann schlief Malika in seinen Armen ein und wachte noch nicht einmal auf, als er sie zurück in ihre Zelle trug, sie sanft auf die Stirn küsste und ging.

Mit einem Lächeln auf den Lippen träumte sie friedlich, bis sie rücksichtslos gepackt und von ihrer Pritsche gezerrt wurde. Malika schrie erschrocken, wusste gar nicht, was mit ihr geschah. Gerade noch hatte sie in Matrids Armen gelegen und es war so unfassbar wild und schön gewesen. Jetzt stießen fremde Wachen sie grob vor sich her. Hinaus aus der Zelle, über Flure und Treppen. Unmöglich, sich den Weg zu merken, den man sie trieb. Schließlich hielten sie vor einer breiten Eisentür inne. Die Tür wurde einen Spalt geöffnet und sie in einen riesigen Saal gestoßen. Hohe Holzpulte standen in einem weitläufigen Kreis. In der Mitte ein einzelner unbequemer Stuhl, auf den man sie drückte. An beiden Seiten und auch hinter ihr postierten sich schwer bewaffnete Soldaten. An jedem Pult stand eine, in einen purpurfarbenen Umhang gehüllte, Gestalt. Die Kapuzen so tief in die Gesichter gezogen, dass sie nur Schatten erkennen konnte.

Der Hohe Rat, das Gericht von Neranon hatte sich versammelt. Malikas Herz überschlug sich. Die nächsten Stunden würden über ihr Schicksal entscheiden.

Stunden dauerte es dann tatsächlich nicht. Die Anklageschrift wurde verlesen. Man bezichtigte sie, eine geheime Organisation gegründet zu haben, mit dem Ziel den erhabenen Zauberer stürzen, ja sogar töten zu wollen. Schockiert hörte Malika, was ihr da vorgeworfen wurde. Es gab keine Verschwörung, nicht einmal eine Organisation existierte. Sie hatte doch lediglich ein paar Freunde und Nachbarn dazu animiert, nicht alles widerspruchslos hinzunehmen, was man ihnen vorgab. Nicht im Traum hatte sie jemals daran gedacht, dem ehrwürdigen Gartos auch nur ein Haar zu krümmen! Doch man ließ sie nicht mal zu Wort kommen. Der ganze Prozess war eine einzige Phrase, das Urteil stand schon fest, bevor die Verhandlung überhaupt begann. Kaum zwanzig Minuten waren vergangen, da verkündete einer der gesichtslosen, in seine purpurne Kapuze verhüllten Schatten die Entscheidung. Man befand sie der Verschwörung, des Hochverrats und des versuchten Mordes für schuldig und verurteilte sie zum Tode. Die Vollstreckung sollte binnen achtundvierzig Stunden erfolgen. Wie betäubt stolperte Malika aus dem Saal. Wie sie zurück in ihre Zelle kam, wusste sie nicht. Das konnte doch nur ein böser Albtraum sein! Jeden Moment würde sie aufwachen! Aber nein, es war real. Warum denn bloß? Sie hatte doch nichts Schlimmes getan! Verzweifelt kauerte sie auf ihrem Bett. Tränen liefen ihr über die Wangen.

Als der Schlüssel in ihrer Zellentür knarzte, stockte ihr der Atem. ›Nein, nicht jetzt, nicht so schnell! Ich bin noch nicht bereit.‹

Doch es war Matrid, der keine Sekunde später neben ihr auf der Pritsche saß und sie in seine Arme nahm. Hemmungslos weinte sie, während er sie hielt und wortlos ihren Rücken streichelte.

»Das ist alles falsch, Matrid. Ich habe nichts dergleichen getan, bitte glaub mir doch!«

»Scht«, flüsterte er. »Ich glaube dir, aber letztlich ist es auch egal.«

›Ja, er hat recht! Es ist gleichgültig! Sterben werde ich so oder so! Mir bleiben nur noch zwei Tage, vielleicht weniger. Wer weiß, wann sie kommen, um mich zu holen.‹

Entsetzen und Fassungslosigkeit lähmten sie. Sie klammerte sich an ihn. Sie hatte ihn doch gerade erst gefunden, hier an diesem verfluchten, hoffnungslosen Ort. Sie wollte und konnte ihn nicht loslassen. Sie hatte doch noch nicht einmal angefangen, richtig zu leben. Es gab noch so viel, was sie sehen und ausprobieren wollte. Ihr Leben durfte nicht schon zu ende sein. Doch mit der Gewissheit, dass es genauso geschehen würde, dass sie sterben musste, noch bevor sie begonnen hatte, das Leben zu genießen, verschwand ihre Schockstarre.

Sie setzte sich aufrechter hin, blickte ihn flehend an. »Bitte Matrid, du hast schon so viel für mich getan, aber ich muss dich um einen letzten Gefallen bitten.« Sie schlug die Augen nieder, umarmte ihn fest, küsste ihn kurz auf den Mund und schaute ihn dann beschwörend an. »Wenn ich schon sterben muss, dann durch deine Hand. Liefere mich nicht den Bluthunden aus. Ich will, dass du es tust. Dann wirst du das Letzte sein, was ich sehe und wir können bis zur allerletzten Sekunde zusammen sein.«

Entsetzt starrte er sie an und schüttelte den Kopf.

Sie ließ die Schultern hängen und senkte den Blick. »Du hast recht, das war sehr egoistisch von mir. Entschuldige, dass ich dich darum gebeten habe.«

»Niemand wird dieses Urteil vollstrecken. Es gibt einen anderen Weg. Vertrau mir.«

Vertrauen ... wie gerne hätte sie ihr Leben in seine Hände gelegt. Doch sie wusste, es gab keinen Ausweg. Tief holte sie Luft und schaute ihn entschlossen wieder an.

»Das war ein dummer und selbstsüchtiger Wunsch, es tut mir leid. Trotzdem, ich würde gerne noch einen Anderen formulieren.« Sie stockte kurz, griff nach seinen Händen und hielt sich daran fest. »Ich will mich noch einmal in dir verlieren. Schenk mir noch diese eine Nacht. Dann ist mir egal, was mit mir geschieht.«

Er nickte und küsste sie lange und zärtlich. »Ich muss jetzt gehen. Aber ich komme wieder und hole dich. Bis dahin bist du sicher. Versuche, ein wenig zu schlafen, du brauchst deine Kraft.« Damit küsste er sie ein letztes Mal und verschwand.

Lange lag Malika einfach nur da und starrte an die Decke. Bald würde sie ewig schlafen, jede weitere Sekunde bedeutete kostbare, verschwendete Lebenszeit. Sie dachte an ihre Kindheit, an ihre Eltern und all die Personen, die ihr in den Jahren begegnet waren, sogar an die Unwichtigen. An die Meilensteine und Nebensächlichkeiten ihres Lebens. Sie erinnerte sich an alles, bis der Schlüssel Stunden später erneut in der Tür knarzte und er zurückkehrte und sie wortlos bei der Hand nahm. Dieses Mal führte er sie über mehrere Flure, die alle gleich aussahen, in eine andere Zelle, die der ihren glich. Warum er sie hier hergebracht hatte, wusste sie nicht und es war ihr auch gleichgültig. Vielleicht waren sie hier ungestörter. Er verschloss die Tür von innen und presste sie mit seinem Körper gegen die Wand. Sie erschauderte, griff nach seinen Backen und rieb sich an seinem Becken. Spürte, wie sein bester Freund immer größer und härter wurde, je mehr sie ihn reizte. Im nächsten Moment waren sie beide nackt. Herrje, sie wüsste gern, wie genau er das anstellte. Aber die Zeit, die ihnen noch blieb, war zu kostbar, um sich mit Nebensächlichkeiten zu befassen. Seine Haut an ihrer spüren, seine Hände, seine Energie, seinen Schwanz. Das war es, was sie jetzt brauchte. Sie stemmte die Hände gegen seine Brust. Voller Genuss betrachtete sie seinen nackten Körper, seinen Schaft, der sich ihr hart und stolz entgegen reckte. Sie leckte sich über die Lippen, ging vor ihm auf die Knie, schaute hoch in seine schwarzen Augen, als sie seine Spitze mit ihren Lippen umschloss. Mit der Zungenspitze kitzelte sie seine Eichel, kostete seinen salzig herben Geschmack. Dann blickte sie ihn wieder an, während sie seinen Schwanz langsam und genießerisch blies. Sie konzentrierte sich vollkommen auf ihn. Nur ganz weit hinten in ihrem Hinterkopf lauerte der Gedanke, dass es wohl das letzte Mal sein würde, dass sie zusammen waren. Eines der letzten Dinge, die sie überhaupt erlebte. Das machte es endgültig, aber auch sehr intensiv. Malika weigerte sich, ihrer Verzweiflung die Oberhand zu geben. Nichts durfte ihre letzten gemeinsamen Stunden trüben. Sie leckte über seine Eier, nahm sie in den Mund und massierte sie vorsichtig. Er stieß ein kehliges Grollen aus. Ein echtes, das nicht nur in ihrem Kopf widerhallte. Das turnte sie total an, denn es zeigte ihr, dass er ihre Zärtlichkeiten selbstvergessen genoss. Schließlich griff er in ihre Haare und zog sie ein Stück zurück.

Matrid setzte sich auf den Boden und zog sie auf seinem Schoß. Dann sog er einen ihrer Nippel in seinen Mund und nuckelte daran. Sie stöhnte wohlig. Die Nässe zwischen ihren Schenkeln mehrte sich. Doch er saugte immer fester, so heftig, dass sie den Atem anhielt. Dann biss er hinein und, noch ehe sie einen Schmerzensschrei ausstoßen konnte, schickte er seine Energie über seine Zunge in ihre Brustwarze. Eine Welle aus Lust brach über ihr zusammen. Sie glaubte, innerlich zu verglühen. Nichts war mehr wichtig. Sie vergaß alles. Das Gestern und das Morgen und lebte nur noch im Jetzt. Er hob sie ein Stückchen an und biss ihr in den Hals. Das hätte vermutlich wehgetan, wenn sie nicht bereits auf einem Level reiner Begierde angekommen wäre, an dem der Schmerz sie nur noch weiter anturnte. Er schob sie von seinem Schoß, positionierte sich zwischen ihre gespreizten Schenkel und fuhr mit der Zunge durch ihre nasse Spalte, saugte an ihrer Klit.

»Bitte kein Energiestoß«, keuchte sie. »Ich will dich in mir spüren, wenn ich komme, bitte.«

»Dein Wunsch sei dir gewährt, Hexe«, brummte er. »Setz dich auf meinen Schoß und reite mich.«

»Ja, Herr.« Sie kniete sich über sein Becken, setzte sich auf seinen Schwanz und nahm ihn tief in sich auf. Malika schlang die Arme um Matrids Hals, schaute ihm in die Augen und ritt ihn langsam und intensiv. Spürte seine Nähe ganz bewusst. Seinen Schaft, der sie ausfüllte. Seinen Atem auf ihrer Haut. Seine Lippen auf ihren. Sie zog ihre Energie durch ihn hindurch und fühlte seine in jedem Winkel ihres Körpers. Malika stieß kleine Schreie aus, wünschte, es würde niemals vorbei gehen. Und doch konnte sie ihre Gier nicht zügeln. Sie wurde schneller, keuchte lauter, hörte sein wildes Knurren in ihrem Kopf.

»Komm für mich, Süße!«

Sie warf den Kopf in den Nacken, biss sich auf die Lippen. Sie stöhnte laut auf, die Lust in ihr explodierte, katapultierte sie hoch hinauf bis zu den drei Monden und ließ sie, sehr viel später, sanft wieder auf seinem Schoß landen. Schwer atmend ließ sie ihren Kopf gegen seinen Hals sinken und genoss das Gefühl seiner Arme um ihre Taille und seiner Haut an ihrer.

Eine ganze Weile hielten sie einander eng umschlungen, küssten sich und schwelgten in ihrer Verbundenheit. Bis seine Stimme in ihrem Kopf sie in die kalte Realität zurückschleuderte. »Es ist Zeit, Malika.«

Sie verkrampfte sich in seinen Armen. »Dann ... dann tust du es doch? Das ... das ist gut! Wenn ich schon sterben muss, dann durch deine

Hand. Danke! Ich ... du musst mir nicht vorher sagen, wann genau es geschieht. Lass uns einfach noch etwas kuscheln und irgendwann ...«

»Was für ein Unsinn! Das Gleiche hast du gestern schon gesagt und ich habe dir geantwortet, dass es eine andere Lösung gibt und dich um ein wenig Vertrauen gebeten!«

»Ähm, ja das hast du. Aber ...«

»Nichts aber. Zieh dich an, es ist ohnehin höchste Zeit.«

Er führte sie ein kurzes Stück über den Flur, zu einer dicken eisernen Tür, die er eilig aufschloss.

»Ich habe sie extra geölt«, murmelte er, als er die Pforte aufstieß, die sich geräuschlos öffnete. Er nahm ihre Hand und rannte mit ihr über einen leeren von hohen Steinmauern umschlossenen Hof. Auf der gegenüberliegenden Seite angekommen, entdeckte sie ein Loch im Boden, daneben eine Abdeckplatte, die zur Seite gerückt worden war.

Er zog sie in eine kleine Nische und presste sie noch einmal mit seinem Körper gegen die Mauer.

»Kletter da runter. Es ist ein alter Abwassertunnel, der seit vielen Jahren trocken liegt. Es riecht nicht besonders gut da unten, aber das hältst du schon aus. Ich habe eine Fackel deponiert. Wenn du unten ankommst, siehst du sie. Es gibt nur den einen Weg, keine Abzweigungen. Der Tunnel endet an einer Leiter. Du kommst im Wald ein gutes Stück jenseits der Festung aus. Bleib einfach auf dem Pfad und geh so schnell du kannst nach Süden. Sobald sie entdecken, dass du fort bist, werden sie die komplette Festung absuchen.« Beschwörend blickte er sie an. »Halte dich nicht auf. Bis ihnen klar wird, dass du es raus geschafft hast, bist du längst in Sicherheit. Kurz bevor der Wald endet, triffst du auf eine Hütte, da wohnt Toran, ein Freund von mir. Er wird dir weiterhelfen.« Er hielt inne, schaute sie so intensiv an, als wollte er sich ihr Gesicht einprägen. »Viel Glück, kleine Hexe«, murmelte er dann leise und strich ihr über die Wange.

Mit großen Augen sah sie ihn an. »Du ... du kommst nicht mit?«

Er schüttelte den Kopf. »Würde ich gern, aber das geht nicht, Malika. Ich muss hierbleiben, zusammen würden wir es nicht schaffen.«

»Ich ... ich werde dich nie wiedersehen?« Tränen traten ihr in die Augen. Sie blinzelte sie tapfer weg.

»Hey, Kopf hoch. Wer sagt, dass wir uns nicht wiedersehen? Wenn die Zeit dafür reif ist, werde ich dich finden.«

Sie wollte wiedersprechen. Doch sie verkniff sich das Jammern. Er hatte sie um Vertrauen gebeten. Wenn er es sagte, würden sie sich wiedersehen. Zu einer anderen Zeit, an einem anderen Ort.

Ein letzter tiefer Kuss. Ein wortloses Versprechen. Dann wandte sie sich um und stieg in den Schacht hinunter.

Eine unerwartete Begegnung

Früher Abend. Pia war rastlos. Allein zu Hause fiel ihr die Decke auf den Kopf, sie musste dringend raus! Sie brauchte Trouble, Leute um sich herum. Ob sie spontan bei ihrer Freundin anklingeln sollte? Sie entschied sich dagegen, rannte lieber ziellos durch Hamburgs Straßen. Oder vielleicht doch nicht ganz so ziellos, denn sie fand sich ziemlich schnell auf der Reeperbahn wieder. Erst hier, auf der gut besuchten Meile mit den vielen skurrilen Gestalten und schwatzenden Touristen, wurde ihr klar, wohin es sie unbewusst trieb.

Wie magisch angezogen betrat sie den großen Erotikshop.

Ohne einen Blick auf das vielseitige Angebot an Toys und Büchern zu werfen, lief sie durch den Verkaufsraum zur Treppe, die ins Untergeschoss führte. Im Erdgeschoss lag der ganze Touristenkram aus. Nippelklemmen mit Glöckchen und bunten Federn, Vibratoren in knalligen Farben, rosa Plüschhandschellen und ähnlicher Kitsch. Nach Pias Meinung nur Nippes, der teuer verkauft wurde und den Touristen, die dort stöberten, das Gefühl gaben, wilde verdorbene Sexbestien zu sein.

Zielgerichtet wanderte sie an den Ständern mit den sexy Dessous vorbei, hin zu den Regalen, die sie interessierten.

Vernünftige Handschellen, ohne Plüsch, dafür mit solide verarbeiteten Ketten, die vermutlich jedem noch so starken Ruck standhielten. Halsbänder, Hand- und Fußmanschetten aus Leder. Schraubklemmen, die nicht schon nach drei Minuten auf schmerzhafte Weise von den Nippeln flutschten. Dildos, Plugs, Peniskäfige, Spreizstangen und ähnliches Spielzeug. Die Fetisch-Abteilung übte wie immer einen besonderen Reiz auf Pia aus. Sie nahm den einen oder anderen Gegenstand in die Hand und schaute ihn sich durch die Plastikverpackung an.

Manchmal erinnerte sie sich an die eine oder andere Session zurück, bei der sie Bekanntschaft mit dem Toy in ihrer Hand gemacht hatte.

Obwohl diese Zeiten schon so lange zurücklagen, dass sie sich kaum noch entsinnen konnte, wie es sich angefühlt hatte. Mit jedem Jahr, das verging, wurde der Wunsch nach lustvoller Unterwerfung in ihr stärker. Sie war rastlos, unzufrieden, wusste ihre Sehnsucht an manchen Tagen kaum zu ertragen. Ehrfürchtig betrachtete sie die Gerten, Rohrstöcke und Flogger, nahm eine Bullwhip in die Hand, ließ das Leder zärtlich durch ihre Finger gleiten. Sie kam öfter her, um zu stöbern und dabei in ihren alten Erinnerungen zu schwelgen. Kaufen würde sie nichts, denn es gab niemanden, der ihr damit sinnliche Qualen bereiten könnte.

Ob es einen Platz in dem Laden gab, wo sie die Peitsche mal ausprobieren konnte, ohne die Waren von den Regalen zu fegen? Auf der Suche nach einem freien Fleckchen drehte sie sich um und prallte gegen einen großen, durchtrainierten Körper.

»Oh, Entschuldigung, ich habe nicht aufgepasst, tut mir leid«, rief sie erschrocken.

»Schon gut, nichts passiert.«

Die tiefe Stimme schickte eine Gänsehaut über ihre Arme. Sie musste den Kopf heben, um ihm ins Gesicht zu sehen. Dunkelbraunes Haar, ein bisschen zu lang im Nacken für ihren Geschmack. Eckiges Kinn, hohe Wangenknochen, etwas zu schmale Lippen, grade Nase. Nicht schlecht, aber auch nichts Besonderes. Doch als sie in seine braunen Augen sah, stockte ihr der Atem. Die Art, wie er sie ansah, sorgte dafür, dass ihr Herz sich überschlug. Strenger, unbeugsamer Blick, der sie bis in ihr Innerstes traf. Automatisch senkte sie den Kopf. Sie wollte sich umdrehen und gehen, war jedoch unfähig, sich zu bewegen. Sie versuchte, sich zu erinnern, wie man einen Fuß vor den anderen setzt, doch sie konnte keinen klaren Gedanken fassen. Sanft nahm er ihr die Bullwhip aus den tauben Fingern und rollte sie mit geübtem Griff auf. So ein Teil hatte er definitiv nicht zum ersten Mal in der Hand.

»Wen willst du denn damit verhauen?« Er klang amüsiert. »Oder hat dein Dom dir aufgetragen, ein geeignetes Schlaginstrument für die nächste Session zu besorgen?«

Sie warf ihm einen scheuen Blick zu, schüttelte den Kopf und senkte ihn erneut.

»Du hast keinen Herrn, nicht wahr?«, fragte er forschend.

Pia schaffte ein kurzes Kopfschütteln. Sie musste nicht fragen, woher er wusste, dass sie die Peitsche nicht brauchte, um einen Sklaven damit zu züchtigen. Sie wirkte kein bisschen dominant.

»Sieh mich an!« Sein Ton duldete keinen Widerspruch.

»Möchtest du spüren, wie sich das anfühlt?«, raunte er. Braune Augen fesselten sie. In seinem Unterton schwang ein Versprechen mit. Das Blut rauschte in ihren Ohren.

Sein Mund verzog sich zu einem Lächeln. »Wenn du wissen willst, wie das ist, komm mit mir. Ich zeige es dir.«

›Moment mal, das geht doch nicht, das ist … schräg.‹

Eine Horde Wildpferde schien in ihrer Brust zu galoppieren. Allein die Vorstellung … sie konnte doch nicht einfach … nicht mit einem fremden Mann …

»Entscheide dich. Ja oder Nein?«

Pias Kopf war wie Watte. Unmöglich einen klaren Gedanken zu fassen.

»Ja.«

Hatte sie das wirklich gesagt? Es hatte sich nach ihrer Stimme angehört. Ein Wort nur, leise, aber deutlich ausgesprochen. Es hing in der Luft, ließ sich nicht wieder einfangen und zurücknehmen.

»Okay.« Er schien einen Augenblick zu überlegen. »Ich habe ein bisschen Spielzeug im Auto. Unter anderem einen Flogger und eine Gerte. Aber du willst die Bullwhip, nicht wahr?« Er zuckte die Schultern. »Dann bekommst du sie auch.«

Damit drehte er sich um, ging zur Kasse und bezahlte die Peitsche.

›Diese Dinger sind nicht unbedingt billig, oder?‹, grübelte sie. Doch das schien ihn nicht zu stören. Er warf ihr einen kurzen Blick zu. »Komm mit mir!«

Er bat nicht, er ordnete an, doch das störte sie nicht. Sie hegte nicht die Absicht, Einwände zu erheben. Obwohl sie eigentlich nicht mit einem Fremden mitgehen wollte. Aber jetzt bewegten ihre Füße sich wieder, allerdings ohne dass sie sie steuerte. Ihr Hirn verweigerte den Dienst, ihr eigener freier Wille schien sich verabschiedet zu haben. Wie betäubt lief sie neben ihm her zu seinem Auto und stieg ein, als er ihr höflich die Tür aufhielt. Während der Fahrt drehten sich ihre Gedanken wie ein Karussell immer im Kreis.

›Ich sollte nicht hier sein. Ob er mir geben kann, wonach ich mich sehne? Warum bin ich in sein Auto gestiegen? Ich möchte mich nach all den Jahren endlich mal wieder fallenlassen dürfen.‹

Sie bekam nicht mit, wie lange sie fuhren, doch irgendwann befanden sie sich nicht mehr im Großstadtgetümmel. Er bog in einen Waldweg ein und parkte den Wagen am Wegesrand.

Unfähig sich zu bewegen, blieb sie sitzen. ›Was zum Teufel tue ich hier? Worauf habe ich mich eingelassen? Oh Mann, ich kann es kaum erwarten.‹

Er kam um den Wagen herum, öffnete ihr höflich die Beifahrertür und wartete, bis sie ausgestiegen war. Dann holte er eine große Sporttasche aus dem Kofferraum.

»Komm!«

Wie ferngesteuert folgte Pia ihm mit zitternden Knien und wild klopfendem Herzen in den Wald. Er wich vom Weg ab, führte sie scheinbar ziellos durch das Unterholz.

›Himmel noch mal, bin ich verrückt oder lebensmüde? Ich kenne den Kerl nicht. Er könnte mich irgendwo im Wald verscharren, wenn er mit mir fertig ist. Niemand wird mich jemals finden!‹

Abrupt blieb er stehen.

Warum gerade hier?

Sie waren umgeben von Bäumen und von Stille, die nur vom Gesang der Vögel unterbrochen wurde. Hektisch sah sie sich um. Sie musste hier weg! Sofort!

»Hey ganz ruhig.« Er griff nach ihren Händen und drückte sie leicht.

»Du bist sicher bei mir, darauf gebe ich dir mein Wort.« Er strahlte Ruhe und Selbstbewusstsein aus, dennoch, sein Wort ... wie viel war das wert?‹ Wie sollte sie das beurteilen? War es nicht ein bisschen zu spät, sich darüber Gedanken zu machen?

Mit kritischem Blick musterte er sie.

»So wird das nichts mit uns beiden. Deine ganze Körperhaltung drückt Angst, Unsicherheit und Resignation aus. Du hast nicht die richtige Einstellung für eine Session.«

›Soll das heißen, er lässt mich gehen?‹ Vor Erleichterung wurde ihr schwindlig. Sie schluckte trocken. Dann überrollte die Enttäuschung sie und die war größer. ›Mist, ich habe es versaut! Ich Idiotin!‹

»Bitte«, flüsterte sie schüchtern. »Bitte, ich will das. Sonst wäre ich nicht hier.«

Kritisch blickte er auf sie herab, hielt ihre Hände locker in seinen. Sie könnte sich losreißen und weglaufen, aber das wollte sie nicht.

»Du möchtest die Bullwhip spüren? Bist du sicher?«

Sie nickte scheu.

»Schau mich an.«

Zögernd hob sie den Kopf, schaute in seine braunen Augen, die sie in dem Erotikshop schon gefesselt hatten. Schwierig, diesem Blick standzuhalten und noch schwerer ihm zu widerstehen. Doch letztlich war er es, der als Erster den Blickkontakt löste und auf die Sporttasche deutete, die er auf dem Boden abgestellt hatte.

»Mach sie auf und sieh dir an, was drin ist. Du wirst Seile und Sextoys vorfinden. Ich habe die Tasche immer im Auto, für den Fall, dass ich mich kurzfristig entschließe, bei einer meiner Gespielinnen vorbeizufahren. Du wirst weder ein Messer noch einen Spaten darin finden. Ich bin kein irrer Frauenmörder.« Er wartete einen Augenblick. »Na los, mach sie auf«, forderte er sie erneut auf, als sie sich nicht bewegte.

Zögernd bückte sie sich, zog den Reißverschluss auf und fand genau das, was er angekündigt hatte. Fesselwerkzeug, Knebelball, Womanizer, diverse Klemmen und ähnliches erotisches Spielzeug. Er hatte die Wahrheit gesagt. Es befand sich nichts in der Tasche, das bedrohlicher gewesen wäre als die Bullwhip.

»Überzeugt?«

Zaghaft nickte sie.

»Ich gebe zu, die Situation ist ungewöhnlich. Wir kennen uns nicht und ich verstehe, dass du verunsichert bist. Gewöhnlich lade ich auch keine fremden Frauen zu einer Session ein.« Er lächelte sie offen an. »Aber ich hatte dich schon eine Weile beobachtet und du hast etwas in mir berührt, als du da in dem Shop in der BDSM-Abteilung stöbertest. Ich habe deine Sehnsucht gespürt und spontan gehandelt.« Er blickte sie einen Moment lang prüfend an. »Wie heißt du?«

»Pia.«

»Okay Pia. Ich bin Rafael. Ich weiß mit den Utensilien in der Tasche umzugehen ... und auch mit der Bullwhip. Wenn das hier ein schönes Erlebnis für uns beide werden soll, musst du mir ein bisschen vertrauen. Ich weiß, das ist nicht leicht unter den gegebenen Umständen. Dennoch habe ich keine Lust, mit einer ängstlichen Maus zu spielen. Für mich wird das hier nur lustvoll, wenn es das auch für dich ist. Auf Krampf können wir beide verzichten.«

Sie schluckte, überlegte einen Augenblick und lächelte dann unsicher.

»Ich wäre nicht mitgegangen, wenn ich das hier nicht wollen würde«, wiederholte sie. »Ich schätze, ich kann mich auf dich einlassen. Das letzte Mal, dass ich so etwas erleben durfte, ist nur schon so lange her.«

Forschend schaute er in ihr Gesicht. »Ich sehe, dass du dich nach lustvollem Schmerz sehnst. Das habe ich dir vorhin im Shop schon angesehen. Warum lebst du es nicht aus?«

»Ich ... ich war zehn Jahre lang verheiratet. Mein Mann stand nicht auf diese Art Sex. Im Schlafzimmer herrschte nur noch gähnende Langeweile. Wir ... wir hatten uns nichts mehr zu sagen. Wir haben uns getrennt. Vor drei Monaten erst. Ich ...« Sie brach ab. Es gab nichts zu erzählen, was jetzt von Wichtigkeit gewesen wäre.

Er nickte knapp. »Wenn es lange her ist, hast du vielleicht ein paar grundlegende Dinge vergessen. Eine Sub ist stark in ihrer Schwäche und wenn sie sich unterwirft, tut sie das voller Stolz. Deine Körpersprache drückt etwas anderes aus. Richte dich auf, Rücken grade, Kopf erhoben. Finde die Stärke in dir. Ich will kein Opfer vor mir sehen, sondern eine Frau, die zu sich selbst steht!«

Rafaels Ansage zeigte Wirkung. Sie atmete dreimal tief durch, straffte die Schultern, hob das Kinn und spürte tatsächlich so etwas wie Kraft und Zuversicht in sich. Sie ging vor ihm auf die Knie, senkte den Kopf und schloss die Augen. Der Waldboden unter ihren Knien fühlte sich weich und feucht an. Sie konzentrierte sich ganz auf Rafael, auf seine Präsenz. Er rührte sich nicht. Außer dem Singen der Vögel hörte sie keinen Mucks. Ganz bewusst atmete sie ein und aus. Wie lange war es her, dass sie das letzte Mal in dieser Position einem Mann ihren Respekt bekundet hatte? Es kam ihr vor, als würde sie nach Hause kommen. Freude, gemischt mit Angst und Nervosität, doch ihr Enthusiasmus überwog. Sehnsucht. Ihr Verlangen nach Schmerz und Lust erstickte ihre Zweifel.

›Ich will es! Jetzt und hier. Von ihm und mit ihm.‹ Sie straffte die Schultern, drückte den Rücken durch und legte ihre Hände mit den Handflächen nach oben auf ihre Oberschenkel. Entschlossen blickte sie hoch in sein Gesicht.

»Ich bin bereit, Herr. Bitte lass mich die Peitsche spüren.«

»So gefällst du mir schon viel besser. Du hast zwei Möglichkeiten. Entweder, du ziehst dich aus und stellst dich da zwischen die beiden Bäume.« Er deutete mit der Hand auf eine bestimmte Stelle. »Oder du bleibst angezogen. Ich reiße gerne. Alles was du noch am Leib trägst, nachdem ich dich an die Bäume gefesselt habe, wirst du danach nie wieder anziehen können.«

Pia stockte der Atem. Seine Worte lösten ein wildes Pochen in ihrem Unterleib aus. Sie schaute an sich hinab. Sie trug ein altes T-Shirt, an dem sie nicht besonders hing. Ihre Jeans dagegen war neu und sie mochte sie. Sie zog Hose und Schuhe aus. Ihre Unterwäsche, einen dunkelgrünen Slip mit passendem BH, trug sie erst zum zweiten Mal. Dennoch erschien es ihr den Spaß wert, sie zu opfern. Pia stellte sich an den Platz, auf den er wies.

Er grinste. »Danke. Greif nach den Baumstämmen.«

Sie streckte beide Arme aus. Die Bäume standen so weit auseinander, dass sie sie gerade eben mit den Fingern umfassen konnte. Das war ganz sicher kein Zufall. Er musste diesen Ort schon früher für seine Zwecke entdeckt haben. Bestimmt kam er öfter zum Spielen hierher.

Er band ihre Hände an die schlanken aber kräftigen Stämme.

»Spreiz die Beine so, dass du noch bequem stehst.«

Sie kam seiner Aufforderung nach. Er wickelte um jeden Baum ein Seil und fesselte ihre Füße damit. Dann holte er eine Spreizstange aus Metall aus der Tasche, schob sie auf die richtige Länge zurecht und befestigte sie an den Tauen um ihre Knöchel.

Jetzt war sie gefangen. Sie zog probeweise an den Fesseln, doch die hielten stand. Wehrlos ausgeliefert an einen Unbekannten. An einen fremden Dom, der angekündigt hatte, ihr die Klamotten vom Leib zu reißen. Verrückt! Wie sollte sie eigentlich hinterher halb nackt nach Hause kommen? Unwichtig. Sie war plötzlich sicher, dass er eine Lösung parat haben würde, wenn es so weit wäre. Sie wollte das hier zu sehr, um sich mit Nebensächlichkeiten aufzuhalten. Erwartungsvoll lächelte sie ihn an.

Rafael ließ sich Zeit. Er ging um sie herum, blieb einen Augenblick hinter ihr stehen, griff nach ihrem Arsch und knetete kurz ihre Backen. Sie hielt den Atem an. Seine Hände fühlten sich gut auf ihrem Körper an. Spannung lag in der Luft. Ihr Slip klebte nass an ihrer Scham. Er stellte sich wieder vor sie hin, streichelte sie sanft. Zuerst ihre nackten Schenkel, dann die Hüften und den Bauch über dem Stoff ihres Oberteils. Fasziniert beobachtete sie sein Gesicht. Das gierige Glitzern in seinen Augen nahm ihr den Atem. Es jagte ihr keine Furcht mehr ein, schürte nur ihre Vorfreude. Für Angst war sie schon zu erregt. Langsam ließ er seine Hände höher wandern. Strich sachte über ihre Brüste, liebkoste ihre Nippel mit dem Daumen. Sie hätte gern die Lider geschlossen und sich seinen Zärtlichkeiten hingegeben. Aber sie konnte den Blick nicht von der Begierde in seinem Gesicht abwenden. Zart glitten seine Finger über ihr Schlüsselbein. Dann griff nach dem Ausschnitt ihres Shirts, grinste sie hungrig an und riss den Stoff mit einem kräftigen Ruck auseinander. Sie hatte gewusst, was kommen würde, erschrak aber trotzdem über das plötzliche heftige Ratschen. Pia schrie auf, eine dicke Gänsehaut kroch über ihren Rücken, der Wind strich kühl über ihren Bauch. Er hatte ihr Oberteil sauber in zwei Hälften zerrissen.

›Wow geil!‹ Sie fühlte sich so herrlich hilflos, seiner Macht ausgeliefert. Ihr Atem ging schnell. Der Glanz in seinen Augen zeigte ihr, wie sehr er das genoss. Er trat hinter sie, zerfetzte auch das Rückenteil ihres Shirts und strich die Stoffstreifen an ihren Armen herab, bis sie nutzlos um ihre gefesselten Handgelenke baumelten. Er griff in die Tasche seiner Jeans und beförderte ein Taschenmesser zutage. Mit glasigen Augen beobachtete sie, wie er es aufklappte. Die Klinge war klein und schmal. Als Waffe kaum einsetzbar. Obwohl er natürlich immensen Schaden damit anrichten könnte, wenn er es wollte. Dennoch hatte sie keine Angst. Das war kein Mordwerkzeug. Sie fühlte sich sicher bei ihm, woher auch immer sie diese Gewissheit nahm. Er würde ihr nichts antun.

Er drehte die kleine Klinge mit der stumpfen Seite zu ihrem Körper, klemmte sie vorsichtig zwischen ihre Brüste unter den BH und schnitt das Wäschestück an der schmalsten Stelle auf. Die Klinge war nicht besonders scharf, er säbelte eine volle Minute, bis der Stoff endlich nachgab. Doch er tat es mit sichtlichem Genuss. Als ihre Brüste schließlich aus den Körbchen sprangen, grinste er durchtrieben und zerschnitt auch noch die beiden Träger. Der Stoff fiel zu Boden. Er steckte das kleine Klappmesser in seine Hosentasche zurück. Dann knetete er ihre Brüste mit beiden Händen, zwirbelte ihre Nippel zwischen Daumen und Zeigefinger, kniff hinein. Sie stöhnte, schwelgte in ihrer Hilflosigkeit. Er streichelte ihren Bauch, ihre Hüften, fasste nach ihrem Slip. Sie erwartete einen kräftigen Ruck, doch er zog den Stoff vorsichtig hoch, sodass er zwischen ihre Schamlippen rutschte und auf ihre Klit drückte. Er erhöhte den Druck so weit, dass es unangenehm wurde und schließlich wehtat. Sie biss die Zähne zusammen, ihr Stöhnen wurde qualvoll. Er schloss den Mund um einen ihrer Nippel, saugte zärtlich, ohne den Druck in ihrem Schritt zu mindern. Schmerz und Lust. Der Cocktail, der sie schwindlig machte.

»Bitte«, jammerte sie und wusste selbst nicht, ob sie ihn bat aufzuhören oder weiterzumachen.

Er wechselte zur anderen Brustwarze, saugte, leckte und immer noch hielt er den schmerzhaften Druck auf ihre Perle aufrecht.

Erst als sie glaubte, es nicht länger auszuhalten, riss er ihren Slip entzwei und zupfte den klatschnassen Stofffetzen von ihrer Haut. Genüsslich fuhr er mit der Hand durch ihre tropfnasse Pussy, stieß zwei Finger in sie. Ihre Nässe lief träge über seine Hand, benetzte auch die Innenseiten ihrer Oberschenkel. Pia war kurz vor einem gigantischen Höhepunkt. Himmel, sie liebte ihre Hilflosigkeit, genau wie die Kombination von Qualen und sinnlichen Zärtlichkeiten. Wie lange hatte sie das nicht mehr erleben dürfen! Doch kurz bevor der Orgasmus sie überrollte, hörte Rafael auf, sie zu reizen. Er wandte sich kurz ab und holte einen Knebelball aus seiner Tasche.

»Es wird ernst«, raunte er in ihr Ohr. »Mund auf! Ich möchte nicht, dass du die Vögel noch einmal mit deinem Geschrei verschreckst.«

Ein Zittern erfasste ihren Körper, ihr Herz trommelte in ihrer Brust, als wollte es sich überschlagen. Gehorsam öffnete sie den Mund, ließ zu, dass er den Knebel hineindrückte und das Band an ihrem Hinterkopf verschloss. Er nahm die Bullwhip zur Hand. Schlug probeweise auf den Boden. Bei dem Knall zuckte sie zusammen.

»Sie liegt perfekt in der Hand. Du hast gut gewählt«, teilte er ihr zufrieden mit.

Sie wusste nicht recht, ob sie sich darüber freuen sollte. Doch sie kam auch nicht mehr dazu, drüber nachzudenken, denn die Peitsche leckte mit einem scharfen Brennen über ihre linke Brust. Sie schrie, doch der Knebelball dämpfte ihre Lautstärke. Schon folgte der nächste Hieb auf die rechte Brust. Oh Himmel. Sie hatte mit den Jahren vergessen, wie feurig die Hiebe einer Bullwhip brannten. Wieder und wieder sauste das Leder auf ihre Haut nieder. Sie schrie und jammerte in den Knebel. Er gönnte ihr keine Pause. Heftig zerrte sie an den Fesseln, doch die gaben nicht einen Millimeter nach. Es tat weh, aber er fing sie mit seinen Blicken auf, beobachtete genau, wie viel sie aushielt und passte die Intensität seiner Streiche entsprechend an. Wenn er um sie herumging, um Hintern und Rücken zu treffen, verabreichte er ihr höchstens zwei Schläge hintereinander. Dann stellte er sich wieder vor sie, um in ihrem Gesicht zu lesen, ob sie noch mehr ertrug. Ihr Körper stand in Flammen. Sie glaubte zu verbrennen. Wandt sich stöhnend in den Seilen. Sie hätte ihn gern angefleht aufzuhören, jedoch wollte sie, dass er weitermachte. Schmerz und Hilflosigkeit mehrten ihre Lust. Nichts war mehr wichtig, nichts außer dem gefürchteten, ersehnten nächsten Feuerkuss, der über ihre Haut leckte.

Doch plötzlich drang ein Geräusch durch den Nebel ihrer quälenden Leidenschaft, das hier gar nicht hinpasste. Ein Klingelton? Ihr Handy? Eine besorgte Freundin auf der Suche nach ihr? Sie wollte doch jetzt nicht gestört werden! Sie brannte lichterloh und sehnte sich nach Erlösung. Aber nein, irgendetwas war mit einem Mal vollkommen falsch. Sie riss die Augen auf. Schnellte hoch. Das Herz donnerte in ihrer Brust. Sie spürte den Schmerz nicht mehr, nur noch die Hitze. Es war dunkel. Sie lag auf dem Rücken in ihrem Bett. Schwer atmend, orientierungslos und das laute, nervige Geräusch hörte einfach nicht auf. Ihr Wecker, erkannte sie endlich, reckte sich und stellte ihn aus.

Mein Gott! War das tatsächlich nur ein Traum gewesen? Die Bettdecke klebte schweißnass an ihrem glühenden Körper. Nur die Nässe zwischen ihren Schenkeln kam nicht vom Schweiß. Sie lag allein in ihrem großen Bett. Die Einsamkeit griff mit kalter Hand nach ihr. Doch das würde sie nicht zulassen. Nicht heute. Sie tastete nach ihrer wild pochenden Pussy, schloss die Augen, beschwor noch einmal die Szenerie herauf. Den Wald, die beiden Bäume, an die er sie gebunden hatte ... Rafael ... nur ein Trugbild ihrer Fantasie. Sie verspürte einen Stich des Bedauerns. Doch sie war zu erregt, um sich davon runterziehen zu lassen. Sie reizte ihre Perle, massierte sie mit dem Finger, während die Bullwhip in ihrer Fantasie zischend durch die Luft schwang, feurigbrennend ihre Haut leckte, sie ein ums andere Mal zeichnete. Die flammende Gier in ihr schrie nach Erlösung. Sie kam schnell und heftig. Herrje, was für ein Traum! Es hatte sich so echt angefühlt. Aber was für ein Irrsinn! Niemals würde sie einem Fremden, in einen Wald folgen. Die Vorstellung, sich blauäugig so einer Gefahr auszusetzen, erschien ihr grotesk. Dennoch. Sie hatte die Sehnsucht in sich schon viel zu lange unterdrückt. Ihr Hunger hatte sich mit den Jahren immer weiter aufgestaut, schon während ihrer Ehe. Und heute Nacht hatte ihr Verlangen einen Höhepunkt erfahren, der kaum noch zu ertragen war. Ihr Körper und ihre Seele forderten ihr Recht ein. Sogar ihr Unterbewusstsein drängte darauf. Das bewies dieser verrückte Traum.

Es war an der Zeit, sich einen Herrn zu suchen, der in der Lage war, ihre Begierde zu stillen.

Mit diesem Vorsatz stand sie auf, erledigte ihre Morgentoilette und verließ das Haus, um, wie jeden Morgen, die fünfzehn Minuten Weg zur Arbeit zu Fuß zurückzulegen. Wie immer steuerte sie als Erstes die Bäckerei an der Ecke an, um sich einen Becher Coffee-to-Go zu kaufen. Die Verkäuferin grüßte sie freundlich lächelnd und drehte sich zur Kaffeemaschine um, ohne dass Pia eine Bestellung aufgeben musste. Man kannte sich. Die gleiche Routine, jeden Morgen.

»Zwei Brötchen mit Käse bitte«, bestellte ein anderer Kunde. Pias Herz setzte für einen Schlag aus. Diese Stimme! Sie löste ein Echo in ihr aus, schickte eine Gänsehaut über ihre Arme. Berührte etwas in ihr und für einen Moment, glaubte sie das Brennen ihres Körpers zu spüren. Ganz so, wie in ihrem nächtlichen Traum. Langsam wandte sie sich um.

Sie musste den Kopf heben, um ihm ins Gesicht zu sehen. Dunkelbraunes Haar, ein bisschen zu lang im Nacken für ihren Geschmack. Eckiges Kinn, hohe Wangenknochen, etwas zu schmale Lippen, grade Nase. Nicht schlecht, auch nichts Besonderes, aber seltsam bekannt. Ihr stockte der Atem, ihr Herz begann zu rasen. Das konnte doch nicht sein. So etwas passierte nicht wirklich. Er bemerkte offenbar, dass sie ihn anstarrte, denn er wandte sich ihr zu. Braune Augen, fremd und vertraut. Strenger, unbeugsamer Blick, der sie bis in ihr Innerstes traf. Ihr wurde schwindlig.

Er lächelte sie offen an und sofort wirkten seine braunen Augen wärmer, freundlicher.

»Du siehst aus, als hättest du ein Gespenst gesehen«, sagte er amüsiert. »Trinkst du einen Kaffee mit mir? Ich bin neugierig, was dich so erschreckt hat.«

Fesselnde Überstunden

Mittagspause! Endlich waren Lisa und Anna mal allein in der Teeküche. Es gab doch nichts Besseres, als ungestört mit einer guten Freundin zu schwatzen. Sich über den neuesten Firmenklatsch auszutauschen und über Gott und die Welt zu lästern, während man gemütlich eine Tasse Kaffee trank und die mitgebrachten Brote verdrückte.

»Heute Morgen habe ich dem Riemann Unterlagen für das neue Projekt in Frankfurt gebracht. Er wollte wissen, welche Papiere in der Akte noch fehlen und warum. Der Typ ist so heiß, dass ich mich immer total konzentrieren muss, um mich nicht zu verhaspeln und wie eine komplette Idiotin dazustehen.« Annas Augen glänzten und ihre Wangen bekamen eine leicht rosige Farbe.

»Oh ja, was für ein Mann! Nur leider so langweilig seriös! Hast du den schon mal in einem anderen Outfit gesehen als grauen Anzügen? Ich meine, er ist der Typ dafür, die stehen ihm. Aber kannst du dir vorstellen, was für einen geilen Arsch der in einer engen Jeans hätte?«, schwärmte Lisa.

»Oder in einer schwarzen Lederhose«, hauchte Anna andächtig. »Ich schwöre dir, wenn ich nicht verheiratet wäre, der ist ne Sünde wert! Aber vermutlich ist der im Bett genauso sterbenslangweilig und konservativ wie hier im Büro. Wahrscheinlich gibt der sogar, wenn es zur Sache geht, noch steife Höflichkeitsfloskeln von sich.«

Sie äffte Riemanns tiefe Stimme nach, was ihr so gar nicht gelang und sprach in einem übertrieben näselnden Ton, den sie bei ihrem attraktiven Abteilungsleiter garantiert noch nie gehört hatte: »Wenn Sie es einrichten können, Frau Hermann, spreizen Sie doch bitte die Beine noch ein kleinwenig weiter, dankeschön.«

Die beiden brachen in schallendes Gelächter aus. Lisa rieb sich vorsichtig die Lachtränen aus den Augenwinkeln.

»Ich glaube, da liegst du falsch, Anna. Der tut nur so seriös. Wenn der mich mit seinen stahlblauen Augen ansieht, lege ich die Hände auf den Rücken und senke den Blick.« Sie kicherte. »Ohne Witz, das ist mir tatsächlich schon passiert! Aber er hat es, Gott sei Dank, nicht bemerkt. Wenn er mich in sein Büro ruft, habe ich oft so 'ne Fantasie. Er zwingt mich vor sich auf die Knie, öffnet seine teure, graue Anzughose und schiebt mir seinen Schwanz in den Mund. Dann greift er in meine Haare, um meine Bewegungen zu kontrollieren, mit denen ich ihm einen blase.« Grinsend trank sie einen Schluck Kaffee. »Wie gesagt, das ist nur mein Kopfkino, aber ich schätze, das trifft eher seine wahre Natur, als der näselnde Schnösel.«

Anna, die gerade ihre Tasse gehoben hatte, um zu trinken, erstarrte mitten in der Bewegung und stierte die Freundin mit offenem Mund an.

»Du glaubst, der Riemann ist so 'n Dominanter? Ne, echt jetzt?«

Lisa nickte voller Überzeugung. »Nicht nur das. Ich bin fast sicher, in dem steckt eine gute Portion Sadismus.«

»Wow, darüber habe ich mir noch nie Gedanken gemacht. Schließlich bin ich verheiratet und denke nicht auf diese Weise an andere Männer. Weia ich glaub, ich werde den Riemann nie wieder so sehen können, wie noch vor dieser Mittagspause.«

Die beiden Frauen brachen in albernes Gelächter aus.

Draußen auf dem Flur setzte André Riemann sich in Bewegung und verschwand feixend in seinem Büro. Gewöhnlich lauschte er nicht an fremden Türen. Solch ein Benehmen erachtete er als unter seiner Würde. Aber als er seinen Namen vernahm, gerade als er an der Teeküche vorbei lief, war er ganz von selbst stehen geblieben. Das Gespräch, dessen unsichtbarer Zeuge er geworden war, hatte einen interessanten Verlauf genommen.

Ein wenig ärgerte ihn, dass die beiden jungen Dinger so schamlos über ihn lästerten, doch gleichzeitig fühlte er sich geschmeichelt. Er dachte lange darüber nach, ob und wie er reagieren sollte. Schließlich ging es um seinen Ruf als seriösen, langweiligen Schnösel. Ein Image, das er sich sorgsam in der Firma aufgebaut hatte. Wollte er das wirklich aufgeben, nur für ein bisschen Spaß? Immerhin war er ein reifer Mann von einundvierzig Jahren, kein pickliger Zwanzigjähriger, dem die Hormone explodierten. Wochentags, zwischen sieben Uhr morgens und siebzehn Uhr nachmittags, erlaubte er seinem Schwanz grundsätzlich nicht, die Kontrolle über seine Handlungen zu übernehmen. Und selbst, wenn er sich in seiner Freizeit gerne mal in Master André verwandelte, handelte er stets konsequent und kontrolliert.

Die Buchhalterin war süß, jedoch verheiratet. Von der ließ er lieber die Finger. Selbstverständlich, hatte er auch schon mit vermeintlich braven Ehefrauen gespielt. Wenn seine Gespielin keine moralischen Bedenken hegte, dann er erst recht nicht. Doch hier, im Umfeld der Firma, konnte das zu unerwünschten Komplikationen führen. Darauf hatte er keine Lust. Aber die kleine, klatschmäulige Sekretärin war ein Leckerbissen, von dem er gerne mal kosten würde. Ihre Schönheit war ungewöhnlich. Ein Gesicht, wie eine Porzellanpuppe, schräg stehende graue Augen, dichte rote Haare flossen über ihre schmalen Schultern. Manchmal betrachtete er versonnen ihre lange dunkelrote Mähne und stellte sich vor, wie sie nackt aussah. Die Haare nach vorn über ihre Brüste gefächert, die Nippel aus den weichen Strähnen hervorblitzend. Die Kombination der unterschiedlichen Rottöne faszinierte ihn. Wie gerne würde er das mit eigenen Augen sehen. Gelegentlich wenn er ihr Aufgaben zuwies, wünschte er sich, er könnte ihr befehlen, sich auszuziehen und über seinen Schreibtisch zu beugen. In seiner Fantasie bat sie ihn dann darum, ihr den Arsch zu versohlen. Schon oft hatte er bedauert, dass die Aufträge, die er ihr gab, sich auf das Tippen von Briefen und das Kopieren von Akten beschränken mussten. Doch hier eröffneten sich ungeahnte Möglichkeiten, neue Aufgaben, die er ihr abverlangen konnte. Wie sollte ein Mann da widerstehen?

Kurz vor Feierabend rief er sie an und bat sie, noch einen Bericht ins Reine zu schreiben, der angeblich so wichtig war, dass die Arbeit nicht bis morgen warten konnte. Bis sie damit fertig war, würde außer ihr und ihm selbst niemand mehr im Gebäude sein.

Seufzend ergab sich Lisa in ihr Schicksal. Hätte der Blödmann nicht etwas früher mit dem Auftrag kommen können? Ihren Sportkurs konnte sie vergessen! Bis sie hier raus kam, wäre der Kurs schon fast vorbei. Verdrossen machte sie sich daran, die handschriftlich verfassten Seiten abzutippen. Nach knapp anderthalb Stunden und elf dicht beschriebenen Blättern hatte sie es dann endlich geschafft. Sie klopfte an Riemanns Tür und trat auf sein »Kommen Sie rein, Frau Sander« ein. Verwirrt lief sie auf seinen Schreibtisch zu. Der Raum schien leer zu sein. Wo steckte er? Schulterzuckend legte sie ihm die Unterlagen hin.

»Der Bericht liegt auf Ihrem Tisch, Herr Riemann. Ich gehe dann nach Hause. Ich wünsche Ihnen einen schönen Feier....«

Während sie redete, hatte sie sich wieder in Richtung Ausgang umgedreht. Jetzt sah sie ihn. Er stand zwischen ihr und der Tür und schaute sie mit strengem Blick an. Von dem üblichen feinen, grauen Zwirn keine Spur, stattdessen trug er eine schwarze Lederhose und ein Hemd in gleicher Farbe. Die oberen drei Knöpfe hatte er offengelassen. ›Wow, was für ein scharfer Typ!‹ Lisa starrte ihn mit offenem Mund an. Im Anzug strahlte er nicht nur Seriosität, sondern auch Kompetenz und das Selbstverständnis eines Vorgesetzten aus, der gewohnt war, seine Mitarbeiter zu führen. Anweisungen, die er erteilte, wurden nicht infrage gestellt. So, wie er jetzt vor ihr stand, in diesem Outfit, mit dem harten, durchdringenden Blick und dem strengen Gesichtsausdruck, strahlte er Macht aus, Souveränität und pures Testosteron. Ein Mann, der wusste, was er wollte und es sich nahm, ohne lange zu fackeln. Ein Typ, der nicht nur Ekstase, sondern auch Tränen versprach. Ein Dom, der über jahrelange Erfahrung mit submissiven Frauen verfügte, daran gab es für Lisa absolut keinen Zweifel mehr. Geschockt und überrumpelt dachte sie noch nicht einmal daran, den Blick zu senken. Ihr Hirn war wie Watte, unfähig zu begreifen, was hier gerade geschah.

»Was ist los mit dir ... Elisabeth, nicht wahr?«

»Lisa«, murmelte sie automatisch, ohne sich dessen richtig bewusst zu sein.

Er beachtete ihren Einwurf gar nicht.

»Wie kommt es, dass du so schweigsam bist? Heute Mittag in der Teeküche warst du viel gesprächiger«, schnurrte er. »Ah ich weiß, du wartest darauf, dass ich mich umdrehe, nicht wahr? Schließlich wolltest du doch unbedingt wissen, wie mein Hintern in einer schwarzen Lederhose aussieht.« Lässig drehte er ihr den Rücken zu.

Endlich konnte sie ein bisschen leichter atmen. Sein Arsch war in der Tat ein Hingucker in der Hose und überhaupt war ihr im Anzug noch nie aufgefallen, was für breite Schultern er besaß. Hemdsärmel, hochgekrempelt bis zu den Ellenbogen, gaben den Blick auf seine kräftigen Unterarme frei.

›Hat er dieses Outfit etwa extra meinetwegen angezogen? Weil er ... Oh verdammt! ... Weil er jedes Wort, das in der Teeküche zwischen mir und Anna gefallen ist, gehört hat?‹ Eine Faust schien ihren Magen plötzlich zu umklammern, ihr Mund wurde trocken und ihre Knie begannen zu zittern. ›Oh Himmel! Wo ist das Loch, in das ich versinken kann? Oh bitte, kann mich mal jemand aus diesem Albtraum wecken? Das darf doch alles nicht wahr sein!‹

»Ich weiß zwar nicht, wie ihr Mädels das erraten habt, Elisabeth ...«

Sie war blass geworden. Sämtliche Luft schien aus ihren Lungen entwichen zu sein. Dennoch unterbrach sie ihn. »Lisa«, presste sie mühsam hervor.

»Nun, ihr liegt richtig, ich spiele tatsächlich am liebsten mit Frauen, die submissiv veranlagt sind und nichts gegen ein bisschen Härte beim Sex einzuwenden haben.«

Er drehte sich wieder zu ihr um und verkniff sich ein Schmunzeln, als er in ihr puterrotes Gesicht sah. Seine Mine blieb ausdruckslos.

»Meine Spiele sind kein Spaß. Im Gegenteil, sie sind mitunter recht schmerzhaft, aber trotzdem immer sehr befriedigend für beide Seiten.« Er hielt einen Moment inne, fixierte sie mit seinen stahlblauen Augen. »Wie ich eurem Frauengespräch entnommen habe, kannst du mit dieser Art von Lust etwas anfangen.«

Sie nickte zaghaft und schaute zu Boden, nicht in der Lage, seinem durchdringenden Blick standzuhalten.

»Ich werde jetzt einige Akten aus der Ablage holen, die ich für Morgen benötige. Es wird ungefähr fünf Minuten dauern, bis ich zurückkomme. Das bedeutet für dich, du hast fünf Minuten Zeit, hier zu verschwinden. Wenn du gehen möchtest, kein Problem. Dann vergessen wir dieses Gespräch und verlieren nie wieder ein Wort darüber. Wenn ich aber wiederkomme und du bist noch hier, werden wir spielen, Elisabeth, und zwar nach meinen Regeln! Du wirst tun, was du dir heute Mittag mit deiner Freundin ausgemalt hast und erdulden, was ich dir abverlange. Möglich, dass ich dir ein bisschen wehtun werde, einfach nur, weil ich Spaß daran habe.«

Draußen fuhr ein Krankenwagen vorbei. André schwieg, bis die Sirene verklungen war. »Wenn du noch hier bist, wird es kein Safewort geben, nicht heute. Du wirst mir ausgeliefert sein. Überlege gut und triff deine Wahl nicht leichtfertig. Wenn ich wiederkomme, gibt es kein Zurück!«

Damit drehte er sich um und verließ den Raum. Lisa zuckte zusammen, als sich die Tür hinter ihm schloss, obwohl sie mit einem ganz leisen Klicken eingerastet war.

Was sollte sie jetzt tun? Himmel, sie schämte sich furchtbar. Er hatte tatsächlich das komplette alberne Gespräch zwischen Anna und ihr mitbekommen. Wie peinlich! Die Situation erschien ihr unwirklich, fast schon skurril. Sie sollte flüchten, so schnell sie nur konnte und hoffen, dass er sein Versprechen halten und nie wieder ein Wort darüber verlieren würde. Aber ... nein! Sie war viel zu neugierig und, das musste sie sich eingestehen, viel zu heiß auf dieses Spiel mit ihm, wie er es genannt hatte. Wie lange schon schmachtete sie diesen Mann an. Wie oft hatte sie sich ausgemalt, von ihm gezüchtigt und benutzt zu werden. Sie war nie ganz sicher gewesen, ob er auf BDSM stand, oder ob sie sich nur so sehr wünschte, von ihm beherrscht zu werden, dass sie ihm gewisse Neigungen andichtete. Kam gar nicht in Frage, dass sie sich jetzt feige verdrückte. Ein bisschen Angst war dabei. Immerhin gedachte er, sie zu bespielen, ohne ihr ein Safewort zu geben. Sich ihm anzuvertrauen, ohne im Notfall die Sicherheitsleine ziehen zu können. War es nicht ziemlich dumm, sich darauf einzulassen? Und wie würde es sein, wenn er morgen wieder in seinem seriösen Anzug vor ihr stand und sie kopieren schickte? War es klug, mit dem Vorgesetzten rumzumachen? Schließlich würde sie auch noch mit ihm zusammen arbeiten müssen, wenn dieses kleine Intermezzo vorbei war. Das könnte zu einem höchst unangenehmen Arbeitsklima führen.

André ließ sich Zeit. Er war lediglich in ein anderes Büro gewechselt und schaute aus dem Fenster, hinunter auf die Straße, wo sich die Blechlawine durch den Berufsverkehr kämpfte. Sein Feierabend versprach deutlich angenehmer zu verlaufen. Er würde das kleine rothaarige Luder noch in seinem Büro vorfinden, wenn er dorthin zurückkehrte, da hegte er nicht den geringsten Zweifel. Er hatte es in ihren Augen gesehen, sie wollte es und würde nicht weglaufen. Eigentlich hätte er ihr auch sofort befehlen können, sich auszuziehen und vor ihm zu knien. Aber er wollte vermeiden, dass sie ihm hinterher vorwarf, sie überrumpelt und verführt zu haben. Ihr sollte auch später noch klar sein, dass es ihre eigene Entscheidung gewesen war. Er hatte sogar sein Büro verlassen, um ihr den nötigen Raum zu geben, den sie brauchte. Er schmunzelte in sich hinein. Sein Outfit hatte ihr scheinbar gefallen. Wie praktisch, dass er die Klamotten zum Wechseln zufällig gerade heute dabei hatte. Sein ursprünglicher Plan sah nämlich vor, von hier aus direkt in einen Fetisch-Club in der Stadt zu fahren, den er seit Jahren in unregelmäßigen Abständen besuchte. Nun, die Abendplanung hatte sich auf höchst angenehme Weise geändert, wenn das Ergebnis auch das Gleiche sein würde. Im Club hätte er Ausschau nach einer der Subbies gehalten, mit denen er sonst gelegentlich zu spielen pflegte. Alles hübsch zwanglos und unverfänglich natürlich. Darauf legte er Wert. Süß wie die kleine Rothaarige ihn angesehen hatte. Er wusste um seine Wirkung auf Frauen. Sie hatten sich ihm immer schon an den Hals geworfen. Und diese hier bildete keine Ausnahme. André warf einen kurzen Blick auf seine teure Armbanduhr. Fast fünfzehn Minuten waren vergangen, seit er sie verlassen hatte. Allmählich sollte sie sich darüber im Klaren sein, was sie wollte. Lässig drehte er sich um und schlenderte zurück in sein Büro.

Als die Tür sich öffnete, zuckte Lisa zusammen. ›Zu spät, um noch wegzulaufen‹, dachte sie beklommen. Jetzt war sie in seiner Macht. Nun musste sie sich ihm stellen. Für Feigheit und Zaudern blieb kein Raum mehr. Das leise Klicken der Tür dröhnte in ihren Ohren. Sie hielt den Blick gesenkt, nahm den Mann aber dennoch überdeutlich wahr.
»Schau mich an, Elisabeth!«
»Bitte, kannst du nicht einfach Lisa zu mir sagen, wie alle Anderen auch? Ich mag meinen vollen Namen nicht besonders. Niemand nennt mich so.«
Sie schaute ihn bittend an. Er stand in ungefähr zwei Meter Entfernung vor ihr. Die Füße standbreit auseinander, sehr grade Haltung, die Arme über der Brust verschränkt, der Gesichtsausdruck streng. Die blauen Augen unerbittlich auf sie gerichtet, war er zu einhundert Prozent ein Dom. Mit ihrem Abteilungsleiter hatte er nicht mehr viel gemein. Keine Chance zu erraten, was ihm durch den Kopf ging. Sie wusste nur ... Oh verdammt! Auch wenn er gerade eine vollkommen

andere Seite von sich preisgab, war er immer noch ihr Vorgesetzter! Hatte sie ihn nicht gerade geduzt? Mist! Vertraulichkeiten dieser Art waren sicher nicht angemessen, oder? Andererseits, wenn man bedachte, dass sie wahrscheinlich bald seinen Schwanz im Mund haben würde ... Ach es gelang ihr einfach nicht, ihre Gedanken in vernünftige und logische Bahnen zu lenken. Das alles hier war zu verrückt!

»Ich sehe, dass du verwirrt bist. Das ist verständlich, denn die Situation ist schon etwas ungewöhnlich, nicht nur für dich. Deshalb werden wir zunächst einige grundsätzliche Dinge klären:

Ich nenne dich Elisabeth, weil es der Name ist, den deine Eltern dir gegeben haben. Es hat etwas mit Respekt zu tun, in diesem Fall, deinen Eltern gegenüber, diesen Namen anzunehmen und zu benutzen. Und Respekt erwarte ich von dir. Daher werde ich dich auch weiterhin mit deinem regulären Vornamen ansprechen. Und jedes Mal, wenn du ihn aus meinen Mund hörst, wirst du dich hoffentlich daran erinnern, dass du auch mir Respekt schuldest.« Er machte eine kurze Pause, um seinen Worten das nötige Gewicht zu verleihen, bevor er weitersprach.

»Ich erlaube dir, mich zu duzen. Allerdings nur, wenn wir miteinander spielen. Während der Arbeitszeit wird es keinerlei Vertraulichkeiten zwischen uns geben, auch dann nicht, wenn wir zufällig mal allein in einem Raum sind. Sobald ich den Anzug trage, bin ich Herr Riemann für dich! Was zwischen uns geschieht, egal, ob das hier heute eine einmalige Sache bleibt, oder ob wir beide uns öfter miteinander vergnügen, bleibt unter uns. Niemand in der Firma wird davon erfahren, auch deine kleine Freundin aus der Buchhaltung nicht! Das hier wird keine Liebesromanze, sondern allenfalls eine DS-Spielbeziehung und ein solches Arrangement geht niemanden in der Firma etwas an! Für diese Übereinkunft ist es nicht unbedingt notwendig, dass du mich duzt. Solltest du dich auch nur einmal während der Arbeitszeit verplappern, werde ich dir das Recht auf die vertrauliche Anrede entziehen. Dann wirst du mich nur noch mit Herr Riemann und Sie ansprechen dürfen, auch dann, wenn mein Schwanz in einem deiner Löcher steckt. Überlege dir gut, ob du das willst!« Erneut hielt er inne, musterte sie. Ihre Unsicherheit triggerte ihn. Er freute sich schon auf die nächsten Stunden mir ihr.

»Auch sonst hat das, was zwischen uns geschieht, nicht das Geringste mit der Arbeit zu tun«, fuhr er schließlich fort. »Es wird dir keinerlei berufliche Vorteile verschaffen. Ich gebe mir Mühe, ein halbwegs fairer Vorgesetzter zu sein. Du wirst befördert, wenn du dran bist und es verdient hast, nicht weil du dich von mir bespielen lässt! Das hier wird dir kein kleineres Arbeitspensum einbringen, keine längeren Pausen und auch keinen attraktiveren Aufgabenbereich ...«

»Glaubst du tatsächlich, das ist der Grund, warum ich noch hier bin?«, fiel sie ihm empört ins Wort. »Meinst du wirklich, ich lasse mich von dir vögeln, weil ich auf irgendwelche Vorzüge spekuliere? Hältst du mich für so billig?«

Einen Moment lang schaute er sie schweigend an. Dann schüttelte er langsam den Kopf.

»Wenn ich das denken würde, wären wir beide jetzt nicht hier. Aber mir ist trotzdem wichtig, dass diese Dinge zwischen uns klar sind. Egal, wie wahrscheinlich oder unwahrscheinlich sie sein mögen, sie sollten einmal ausgesprochen werden. Im Übrigen erwarte ich, dass du mich nicht unterbrichst, wenn ich rede. Du bist dran, wenn ich fertig bin. Für mangelnden Respekt wirst du zukünftig den Rohrstock zu spüren bekommen. Solch ein Benehmen lasse ich mir von dir nicht gefallen!«

Lisa wurde rot und senkte beschämt den Blick.

»Ja, Herr, es tut mir leid«, hauchte sie.

Mit zwei Schritten war er bei ihr, packte ihr Gesicht mit einer Hand und zwang sie, ihn anzusehen.

»Ich habe dich nicht verstanden.«

Sie schluckte. »Ja, Herr!«, quetschte sie etwas lauter hervor.

Ihre Augen waren geweitet und sie erbebte kaum merklich. Wirklich ein Leckerbissen, die Kleine, den er mit Freuden verspeisen würde, und zwar mit Haut und Haaren.

Mit einem dunklen, geradezu sardonischen Lächeln schaute er sie an.

»Ich mag es, wenn du ein bisschen Angst hast, das macht mich geil«, flüsterte er rau, presste seine Lippen auf ihre und stieß seine Zunge energisch in ihren Mund.

Nein, jetzt war er wahrhaftig nicht mehr ihr Vorgesetzter. Jetzt war er ein Mann, der forderte, der sie als seinen Besitz einforderte. Ein überwältigendes Gefühl, das ihre devote Seele jubilieren ließ. Sein Kuss löste Hitze in ihr aus, sie wünschte, er würde ihn nie beenden.

Abrupt ließ er sie los und trat ein paar Schritte zurück.

»Zieh dich aus!«, verlangte er barsch und verschränkte die Arme vor der Brust.

Verschreckt sah sie ihn an, doch sein unbarmherziger Blick duldete keinen Widerspruch. Zögernd griff sie nach dem obersten Knopf ihrer Bluse und öffnete ihn.

»Schön langsam! Wir haben alle Zeit der Welt!«

Sie schluckte mühsam, sackte ein wenig in sich zusammen. Doch dann holte sie tief Luft, stellte sich gerade hin und öffnete nacheinander Knopf für Knopf. Als das Kleidungsstück endlich offen war, streifte sie es ab und warf es auf seinen Schreibtisch. Drunter trug sie ein enges weißes Top unter dem sich ihre harten Nippel deutlich abzeichneten.

André beobachtete schweigend jede ihrer Bewegungen. Wirklich süß die Kleine. An ihren zitternden Fingern erkannte er ihre Schüchternheit und Nervosität, an ihrem schneller werdenden Atem ihre Erregung. Sein Schwanz ging in Hab-Acht-Stellung.

Mit beiden Händen griff sie nach dem Saum und zog das Stofffähnchen langsam nach oben. Sie gab sich Mühe, dabei sexy und verführerisch zu wirken, doch sie wirkte eher unbeholfen und genau das turnte ihn an. Ihre linkische Unsicherheit machte sie für ihn unwiderstehlich. Das Top gab den Blick auf cremeweiße Haut und einen weißen Spitzen-BH frei und landete auf der Bluse. Unter der weißen Spitze blitzen pralle rote Nippel. Am liebsten hätte er sich auf sie gestürzt, aber er hielt sich zurück, um ihre zuckersüße Unbeholfenheit ausgiebig genießen zu können. Er überlegte jetzt schon, wie er es schaffen konnte, dass sie diese Scheu vor ihm nie ganz ablegte.

Gerade öffnete sie den Gürtel ihrer Jeans und er registrierte, dass sie einen recht breiten Ledergürtel trug. Wie praktisch! Vielleicht würde er den später noch gut gebrauchen können. Jetzt zog sie ihre Ballerinas von den Füßen. Missbilligend runzelte er die Stirn. Hier in der Firma mochten diese Treter ihre Berechtigung haben. Aber falls sie ihn mal zu Hause besuchte, würde sie gefälligst High Heels tragen. Sie knöpfte die Hose auf, schob sie umständlich über ihre Hüften, stieg aus der Jeans und warf sie zu den Oberteilen. Jetzt stand sie nur noch im weißen Spitzenhöschen und passendem BH vor ihm, die Wangen hochrot vor Verlegenheit. Ein Anblick süßer Unschuld. In seiner Lederhose wurde es unangenehm eng und sie hatte noch nicht einmal die Unterwäsche abgestreift. Er seufzte unhörbar. Ängstlich schaute sie ihn an. Sie hatte das wohl bemerkt und glaubte, ihm würde nicht gefallen, was er sah. Er verkniff sich ein Lächeln und ging in aller Ruhe zwei Mal um sie herum, um sie von allen Seiten zu betrachten. Schließlich blieb er reglos hinter ihr stehen und registrierte mit Genugtuung, dass sie vor Anspannung zitterte. Vorsichtig strich er mit beiden Händen über ihren Rücken, bevor er ihren Zopf löste und den Verschluss ihres BHs öffnete. Er griff in ihr langes, seidiges dunkelrotes Haar und fächerte einige dicke Haarsträhnen nach vorn über ihre Schultern. Dann stellte er sich erneut mit zwei Meter Abstand vor sie hin, um einen guten Blick auf sie zu haben. Mit einer wortlosen Geste bedeutete er ihr fortzufahren. Sie streifte die BH-Träger von den Schultern, zupfte das Wäschestück von ihrem Körper und warf es auf die Jeans. Fasziniert starrte er auf ihre Brüste. Zwei hübsche, wenn auch nicht besonders große Bällchen. Immerhin jeweils eine Handvoll, schätze er, garniert mit diesen wunderschönen dicken roten Nippeln. Der Anblick erschwerte ihm das Atmen. Pralle rote Nippel, die aus ihrer seidigen dunkelroten Mähne herausblitzen. An dieser Farbkombination würde er sich niemals sattsehen können. Jetzt schälte sie ihre süße Pussy aus dem Spitzenhöschen und stand nun endlich nackt und höchst verlegen vor ihm. Eingehend bewunderte er ihren Körper. Schlank, jedoch an den richtigen Stellen mit weiblichen Kurven ausgestattet und endlos langen Beinen. Er fand die Frau atemberaubend schön. Sie war teilrasiert. Ein schmaler Streifen Härchen, der mittig nach oben führte, bewies, dass sie eine echte Rothaarige war. Eigentlich bevorzugte er eine Komplettrasur, aber er fand das Gesamtbild verdammt verführerisch.

Er schmunzelte in sich hinein, als ihm wieder bewusst wurde, wie nervös sie war.

»Stell dich mit dem Rücken vor meinen Schreibtisch!«, befahl er in sanftem Ton. Sie gehorchte ihm sofort.

»Auf die Knie!«, bellte er.

Sie zuckte zusammen und folgte seiner Anordnung augenblicklich. Sie kniete nicht einfach nur, sie spreizte automatisch die Beine und nahm die Hände auf den Rücken, wie er wohlwollend bemerkte. Sie schien recht gut erzogen zu sein.

»Streck die Arme waagerecht in Schulterhöhe aus! Ja, sehr gut, bleib genau so!«

Sein Schreibtisch war so breit, dass ihre Fingerspitzen nicht an die Beine des Möbels heranreichten. Wie gut das er heute Morgen ein bisschen Ausrüstung für den geplanten Clubbesuch eingepackt hatte. Denn er verließ sich ungern darauf, dass im Club alles an Equipment vorhanden war, wonach ihm der Sinn stand. Er entnahm seiner Tasche einige Seile, ein breites Lederhalsband und eine Leine, sowie Handmanschetten. Er legte ihr die Manschetten an, knotete jeweils ein

Seil in die Ösen und verknotete diese rechts und links mit den Schreibtischbeinen. Über die Tischplatte spannte er ein langes Tau, das er ebenfalls in die Ösen fädelte und dann unter dem Schreibtisch hindurch führte und verzurrte. Das würde verhindern, dass die Seile zu Boden rutschten, schließlich wollte er, dass sie die Arme waagerecht in Schulterhöhe behielt. Dann legte er ihr das Halsband um, hakte die Leine ein, wickelte die Schnur um seinen Schreibtischstuhl und befestigte sie dort. Das würde ihre Bewegungsfreiheit am Kopf zumindest ein wenig einschränken. Nachdem er fertig war, trat er einige Schritte zurück und betrachtete die gefesselte, vor ihm kniende Schönheit. Dabei knöpfte er ohne allzu große Hast sein Hemd auf und warf es auf ihren Kleiderstapel. Wortlos trat er nah vor sie, ging in die Hocke und streichelte sanft ihre Wange. Dabei schaute er in ihre hellgrauen, von Lust verhangenen Augen. Sie atmete schneller.

»Geht es dir gut, Elisabeth?«, fragte er leise.

»Ja, Herr«, flüsterte sie.

»Möchtest du mir noch irgendetwas sagen, bevor ich deinen Mund gleich mit Klebeband verschließe?«

»Nein, Sir.«

Lisas Unsicherheit war ihrer Erregung gewichen. Sie verging vor Sehnsucht danach, zu tun, was immer er von ihr verlangte. Jeglicher Zweifel war verstummt. Jeder Gedanke wie weggeblasen. Allein diese Pose, in die er sie gezwungen hatte, machte sie zu seiner willigen Sklavin. Zu lange sehnte sie sich schon nach diesem Mann. Zu oft hatte sie davon geträumt, ihm ihre Hingabe schenken zu dürfen. Allein schon die Art, wie er ihren Namen, den sie doch eigentlich gar nicht mochte, aussprach, brachte ihre Säfte zum Fließen. Aus seinem Mund klang er so herrlich dreckig und irgendwie sexy. Keine Ahnung, was genau sie erwartete, Angst hatte sie nicht vor ihm. Immerhin arbeitete sie seit fast fünf Jahren mit ihm zusammen. Auch wenn er ihr gerade eine komplett andere Seite von sich offenbarte: Sie kannte ihn gut genug, um zu wissen, dass er ein Mann mit Verantwortungsgefühl war. Er fischte eine Rolle mit breitem grauem

Textilklebeband aus seiner Tasche und klebte ihr damit den Mund zu. Hektisch atmete sie durch die Nase. Eine gefühlte Ewigkeit sah er einfach nur auf sie herab. Das Bild, das sie bot, hätte sie selbst gerne gesehen. Nackt, kniend, vollkommen wehrlos an seinen Schreibtisch gefesselt. Sie schaute zu ihm auf, legte all ihre Ergebenheit in ihren Blick. Groß und dunkel ragte er über ihr auf. Doch als er sich zu ihr herunterbeugte und ihr sanft über die Wange strich, wurde sein Blick für einige Augenblicke weich.

Er griff nach ihren Brüsten, wog sie in seinen Händen, ein wenig abschätzend, wie ihr schien.

»Klein, aber hübsch. Du bist schön und verdammt sexy«, kommentierte er und kniff fest in beide Brustwarzen.

Lisa stieß einen überraschten Schrei aus, doch durch das Klebeband hindurch war nur ein gedämpftes Quieken zu hören. Die Freude über sein Kompliment ließ ihren Magen flattern, wie eine Schwalbe, die in den Frühlingsmorgen fliegt.

André ließ eine Brust los und schnappte stattdessen mit dem Mund nach ihrem Nippel, während er die andere Brust weiter zwickte und knetete. Er leckte, zupfte, saugte zärtlich. Dann nahm er ihre Knospe zwischen die Zähne, sah ihr in die Augen und biss zu. Ganz leicht zunächst nur, doch der Druck wurde stetig stärker. Zuerst wimmerte sie leise, dann jammerte sie, schüttelte heftig den Kopf, bis sie schließlich in den Knebel schrie. Doch erst als eine Träne über ihre Wange rann, ließ er von ihr ab. Küsste ihre Brustwarze, schleckte sehr sanft darüber und pustete seinen heißen Atem auf die nasse Stelle. Er brachte seine Lippen nahe an ihr Ohr. Lisa verkrampfte sich, weil sie befürchtete, er werde jetzt in ihr Ohrläppchen beißen, doch er flüsterte rau: »Daran müssen wir noch arbeiten. Du wirst weit mehr aushalten.«

Eine dicke Gänsehaut kroch über ihren Körper. Beklommen fragte sie sich, worauf sie sich eingelassen hatte.

Er warf einen prüfenden Blick in seine Tasche und förderte nach kurzer Suche einen Vibrator zutage. Er hielt ihn einen Moment in der Hand und betrachtete ihn. Dann drückte er einmal mit dem Daumen auf das hintere Ende und der Freudenspender erwachte brummend zum Leben. Er drückte ein zweites, drittes und viertes Mal und immer veränderte sich das Summen um Nuancen. Beim fünften Druck verstummte es.

Er hielt ihr den Plastikpenis an den Mund, strich mit der Spitze über das Klebeband. Sie brachte ein schmerzerfülltes Keuchen hervor, als er das Band von ihren Lippen zog und den Vibrator in sie hinein schob. Langsam, tiefer, immer tiefer. So tief, dass sie ein Würgen nicht unterdrücken konnte. Er zog den Plastikpenis einen Zentimeter zurück und der Würgereiz verging. André lächelte. »Steht dir gut. Ich bin gespannt, wie weit du meinen Schwanz in deinen Mund kriegst. Wir werden so lange üben, bis du gelernt hast, ihn ganz aufzunehmen – bis tief in deinen Rachen.« Er strich bei diesen Worten zärtlich über ihre Kehle.

›Oh Himmel, worauf habe ich mich bloß eingelassen?‹ Seine Worte lösten Unruhe in ihr aus und die Härchen auf ihren Armen stellten sich auf.

Er stieß den Vibrator vorsichtig in ihren Mund, zog ihn wieder zurück und stieß ihn erneut hinein. Lächelnd schaute er zu, wie sie sich mühte, der Tiefe, die er forderte, standzuhalten, ohne zu würgen. Hilflos bemerkte sie, dass Speichel aus ihrem Mundwinkel und über ihr Kinn lief. Sie hätte ihn gern verstohlen abgewischt, war mit ihren gefesselten Händen aber nicht in der Lage dazu.

Als er das Toy endlich aus ihrem Mund zog, war sie soweit, sich dafür zu bedanken. Doch die Möglichkeit gab er ihr nicht. Er beschämte sie, indem er ihr wortlos mit einem Tuch den Mund abwischte und ihn danach umgehend mit einem neuen Stück Klebeband verschloss.

Dann kniete er sich vor sie, ließ den Vibrator brummen und strich mit der Gummispitze über ihre Schamlippen. Lisa schloss die Augen, konzentrierte sich auf das Vibrieren, das sich auf ihr empfindliches Fleisch übertrug.

»Schau mich an!«, raunte er.

Gehorsam öffnete sie die Lider wieder. Er schob das Toy zwischen ihre Lippen. Sie zuckte heftig, als er damit über ihre Perle strich. Dann führte er den Freudenspender tief in sie ein, fickte sie langsam. André zog das Toy wieder heraus, übersprang die zweite und stellte gleich die dritte Vibrationsstufe ein. Er reizte ihre Perle, stieß erneut in sie. Sie stöhnte in den Knebel, wand sich in den Fesseln, ihr Becken zuckte, die Bauchdecke zitterte. Sein intensiver stahlblauer Blick ging ihr unter die Haut. Sie fühlte sich nicht nur körperlich nackt. Sie hatte den Eindruck, er schaue bis in die Abgründe ihrer Seele. Ein eigenartiges, seltsam verletzliches Gefühl. Denn irgendwo in ihrem Hinterkopf war ihr sehr bewusst, dass es ihr Vorgesetzter war, der ihr diese Wonnen bescherte. Obwohl er anders aussah als gewöhnlich und so wunderbar unanständige Sachen mit ihr anstellte, gelang es ihr nicht komplett, diesen Gedanken zu verdrängen, der sie gleichzeitig verunsicherte und triggerte. Sie steuerte gradewegs auf eine gigantische Explosion zu. Doch unmittelbar bevor der Orgasmus sie überrollen konnte, zog er den Vibrator aus ihr heraus und schaltete ihn aus.

Sie riss die Augen auf, schaute ihn flehend an.

»Tztz Frau Sander, doch nicht hier im Büro«, sagte er grinsend.

Sie wurde zuerst rot und dann blass, stöhnte, wandt sich in den Fesseln.

»Du willst deinen Höhepunkt?«

Sie nickte, reden konnte sie ja nicht.

»Du bist geil auf meinen Schwanz?«

Wieder nickte sie wild mit dem Kopf.

»Das dachte ich mir schon, du gieriges Luder. In meinem Büro pflege ich gewöhnlich nicht zu vögeln. Ich überlege, ob ich deinetwegen gegen meine Prinzipien verstoßen und eine Ausnahme machen soll.«

Sie schluckte. Er überlegte? Nicht sein Ernst, oder? Er brach das hier doch wohl nicht mittendrin ab? Gerade jetzt, wo das Feuer, das in ihrem Schoß wütete, ihren ganzen Körper zu verzehren drohte? Er musste doch sehen, dass sie es sofort und auf der Stelle brauchte!

»Ich eröffne dir zwei Alternativen. Du darfst wählen zwischen Geduld und Ungeduld. Für Letzteres wirst du selbstverständlich die Konsequenzen tragen müssen.« Er stellte den Vibrator auf die höchste Stufe, strich mit der Spitze aber lediglich über ihre Schamlippen, umkreiste ihre Perle, schürte ihren Hunger.

»Geduld«, sprach er sanft, »bedeutet, wir brechen hier ab und du wirst deine Gier zügeln und es dir auch nicht selbst besorgen. Morgen nach Feierabend kommst zu mir nach Hause und wir machen genau da weiter, wo wir heute aufhören.«

Mit diesen Worten löste er das Klebeband von ihrem Mund.

»Schau mich nicht so herzzerreißend an.« Sachte streichelte er ihre Wange, betrachtete eine volle Minute lang aufmerksam ihr Gesicht. »Du willst es unbedingt, nicht wahr?«, fragte er leise.

»Ja, Herr, bitte«, flehte sie.

»Das bedeutet, du wählst die Ungeduld. In diesem Fall gebe ich dir, was du brauchst. Du darfst dir sogar aussuchen, wie du kommen möchtest.« Er schaltete den Vibrator aus und legte ihn zur Seite. »Aber das kostet dich etwas«, fuhr er fort. »Wenn ich deinem Wunsch entspreche, müsste ich dich hart dafür bestrafen, dass du dich in der Firma so sehr gehen lässt.« Mit einem Finger strich er sachte über ihre von ihrem Saft benässten Schamlippen. Eine zärtliche Berührung, die natürlich nicht im Mindesten ausreichte, das heißschwelende Feuer in ihr zu löschen.

»Bitte, bestraf mich. Ich bin eine Schlampe und habe Strafe verdient«, stöhnte sie.

Er lächelte. »Ja, das bist du.« Er schwieg einen Moment. »Dafür würdest du den Rohrstock zu spüren bekommen. Das wird kein Spaß, überleg dir, ob du das möchtest.«

»Ja, Herr, ich erdulde deine Strafe. Aber bitte schenk mir Erlösung. Ich brauche das jetzt!«

»Du bist ein gieriges kleines Luder.«

Im Augenblick war sie zu erregt, keine noch so harte Strafandrohung würde sie erschrecken. Doch sie würde sich daran erinnern, sobald sie wieder bei klarem Verstand war. Banges Herzklopfen würde sie durch die Nacht und den morgigen Tag begleiten, während sie darüber nachdachte, was genau sie erwartete und vor allem mit welcher Härte. Auf diese Weise würde seine Macht sie umgeben, auch wenn er nicht als ihr Dom zur Verfügung stand.

André gestattete sich ein durchtriebenes Grinsen. Er mochte diese Vorstellung und freute sich jetzt schon darauf, sie zu züchtigen. »In Ordnung, ich werde deinem Wunsch entsprechen. Du wirst dir deine Strafe dafür morgen bei mir abholen. Ich erwarte dich um Punkt neunzehn Uhr bei mir Zuhause. Du wirst einen kurzen Rock tragen und Halterlose. Das Oberteil überlasse ich deiner Wahl. Keine Unterwäsche.«

Immer noch streichelte er ihre Pussy so zart, dass er ihre Gier nur noch weiter schürte.

»Weil du morgen einen harten Abend vor dir hast, darfst du mir jetzt sagen, wie du kommen möchtest.«

»Ich will dich in mir spüren, Herr«, stöhnte sie.

»Du willst meinen Schwanz?«

»Ja! Ja bitte, Sir!«

Er küsste sie. Dann stand er ohne ein weiteres Wort auf und entledigte sich seiner restlichen Kleidung.

Mit vor Lust glasigen Augen schaute sie zu ihm auf. Bewunderte seinen nackten, durchtrainierten Körper und seinen steil aufgerichteten harten Schaft. Gierig leckte sie sich über die Lippen.

André löste rasch ihre Fesseln. »Steh auf und beug dich über meinen Schreibtisch.«

Sie erhob sich, um seiner Anweisung zu folgen.

Kaum pressten sich ihre Brüste auf die kühle Schreibtischplatte, da packte er sie im Nacken und drang im selben Moment tief in sie ein. Er nahm sie hart, stieß schnell und kraftvoll zu, und genau das brauchte sie jetzt. Seine Hüften klatschten gegen ihren Arsch. Sein Griff in ihren Nacken triggerte sie. Sie fühlte sich so herrlich beherrscht.

»Du wirst erst kommen, wenn ich es dir erlaube!«

»Oh, bitte ...«

»Sei still!«

Lisa biss die Zähne zusammen. Sie war so weit. Sie verzehrte sich nach Erlösung. Sie verdiente sie! Großartig, ihn in sich zu spüren, von ihm ausgefüllt und benutzt zu werden. Aber jetzt brauchte sie eine Explosion, die sie zu den Sternen katapultierte. Sie stöhnte laut. Er stieß mit unverminderter Härte weiter in sie, immer weiter und weiter. Bis er schließlich mit der flachen Hand fest auf ihre Backe schlug. »Jetzt, Schlampe, jetzt darfst du kommen«, zischte er und sie erbebte augenblicklich. Ihre inneren Muskeln würgten seinen Schwanz. Der Orgasmus knipste ihren Verstand aus, sie zerbarst in Millionen Einzelteile, die sich neu zusammenzufügen schienen. Zitternd vor Erschöpfung rang sie nach Luft. Er zuckte und ergoss sich mit einem tiefen Knurren in ihr. Dann ließ er ihren Nacken los, krallte seine Finger in ihre dunkelrote Mähne und zog sie nach hinten, zwang sie, den Oberkörper aufzurichten. Er beugte sich über sie und flüsterte ihr ins Ohr: »Morgen Abend wirst du für deine schamlose Gier am Arbeitsplatz büßen, du Luder.«

Sie erschauderte. »Ja, Sir«, erwiderte sie leise und fühlte bereits jetzt, wie ihr Herz in einer Mischung aus Vorfreude und banger Erwartung schneller zu pochen begann.

Gewagte Fantasien

Räder gleiten über den Asphalt, der Motor schnurrt wie ein Kätzchen. Ruhig, viel leiser als mein Herz, das so laut hämmert, dass es in meinen Ohren dröhnt.

ER fährt und das ist auch gut so. Ich bin zu nervös, um mich auf den Straßenverkehr konzentrieren zu können.

Mit jeder Minute, die verrinnt, kommen wir unserem Ziel näher.

Zweifel

Bringe ich das? Kann ich mich fallen lassen? Mich ausliefern in fremde Hände?

ER hat mir versichert, er passt auf mich auf. ER ist überzeugt davon, dass ich es kann. ER weiß, dass ich es will, sonst wären wir nicht … Der Wagen steht, der Motor ist aus. Wir sind da, oh Gott! Ich ringe hektisch nach Luft.

ER dreht sich zu mir, schaut mich prüfend an.

»Wir müssen nicht reingehen, das weißt du«, sagt er leise.

Ich schlucke hart, nicke, versuche ein unsicheres Lächeln. »Jetzt sind wir ja schon mal hier und … doch … ich … ich bin neugierig … und verrückt genug. Ich werde nicht kneifen. Ich …«, entschlossen schaue ich IHM in die Augen. »Ich möchte da rein. Ich habe ja meinen Olivenbaum.«

Er erwidert mein Lächeln, nickt, gibt mir einen langen zärtlichen Kuss, bevor er aussteigt, um den Wagen herumgeht und mir die Tür aufhält.

Der Olivenbaum ist meine Sicherheitsleine, meine Ausstiegsklausel.

Ungewöhnlich für ein Safeword? Ja, vielleicht. Aber ich mag die Vorstellung, mich unter dem Schutz des niedrigen Blätterdachs an den dicken, knorrigen Baumstamm zu lehnen. Ich finde, es ist ein gutes Stoppwort.

Noch einmal atme ich tief durch. Ich bin bereit.

Vorsichtig stakse ich auf meinen Heels über die Kieseinfahrt. ER hält meine Hand fest in seiner, schenkt mir Sicherheit.

Der kühle Wind streicht neugierig über meine intimste Stelle. Ich gehe nicht oft ohne Slip aus. Erst recht nicht, wenn ich einen so kurzen Rock trage. Hand- und Fußmanschetten hat ER mir schon zuhause angelegt. Meine Bluse, nicht zugeknöpft, nur in der Taille geknotet, gibt den Blick auf den schwarzen BH aus hauchdünner Spitze frei. Der Stoff ist so durchsichtig, dass den zwei Augenpaaren, die sich auf uns richten, als wir den Raum betreten, nichts verborgen bleibt. Meine Nippel sind steinhart, mein Magen krampft sich zusammen. Überdeutlich spüre ich das Fehlen des Slips. Nässe sammelt sich zwischen meinen Schenkeln.

Ich mustere die beiden Männer. Sie sehen komplett gleich aus. Schwarze Jeans, freier Oberkörper, schwarze Henkersmasken, die ihre Gesichter verbergen.

Gänsehaut kriecht über meinen Körper, von den Zehen bis zu den Haarspitzen.

ER nimmt mich fest in den Arm, küsst mich noch mal.

»Ich bin da«, flüstert er mir beruhigend zu. Dann tritt er hinter mich und meine Welt versinkt in Dunkelheit, als er mir mit einem Schal die Augen verbindet. »Geh vorwärts, das Spiel beginnt.«

Gehorsam folge ich SEINEM Befehl, laufe ein paar Schritte, bis ich Hände spüre, die nach mir greifen. Ich bleibe stehen, spreize die Beine leicht, verschränke die Arme auf dem Rücken und richte den Blick zu Boden, obwohl ich nichts sehen kann. Die Pose ist mir vertraut. Sie hilft mir, mich in meiner Rolle zu fokussieren. Hände, überall auf meiner Haut. Vom Knöchel, ganz langsam an meinem Bein hinauf streichelnd. Meinen Hintern knetend. Die verknoteten Enden meiner Bluse öffnend. Meine Brüste umfassend. Fest in meinen Nacken packend. Ein Finger streicht durch meine nasse Spalte, dringt tief in mich ein. Mein Hirn kann nicht zuordnen, wie viele Hände das sind. Verwirrend, aufregend und in meiner Dunkelheit auch ein wenig beängstigend. Trotzdem, oder vielleicht gerade deswegen, überflügelt meine Geilheit jedes andere Gefühl. Mein Rock fällt zu Boden, die Bluse gleitet von meinen Schultern. Hände, überall Hände. Streicheln mich. Kneifen in meine Nippel. Beherrschen meine Sinne. Der BH wird geöffnet und mir vom Körper gezupft. Ein Mund an meinem Hals, saugt, beißt sachte. Lippen umschließen meine Brustwarzen. Beide, fast gleichzeitig, jedoch in ganz unterschiedlicher Intensität. Auf der rechten Seite saugend, leckend, küssend. Links, Zähne, die unsanft an meinem Nippel zupfen und mir ein leises Jammern ent-locken. Zart und hart, so wie ich es mag. Doch auf diese Weise, mit zwei Mündern auf meinen Brüsten hatte ich dieses Vergnügen noch nie. Meine Knie beginnen zu zittern. Ich spüre heißen Atem auf meinem Venushügel, dann eine Zunge, die in meine Spalte taucht, meine Nässe kostet. Oh Gott! Ich wimmere. Mein ganzer Körper bebt. So viele Reize, Beine wie Gummi. Leichte Panik steigt in mir auf, als mir klar wird, dass meine Füße mich nicht mehr lange tragen werden. Ich stöhne laut. Ein Mund auf meinen Lippen, trinkt meinen Schrei, eine Zunge tanzt mit meiner … nein kein Tanz, eher ein spielerischer Kampf. Ich ergebe mich … sehr gerne sogar.

Jemand packt mein Handgelenk und ich höre das verhaltene Klicken eines Karabiners, der in die Manschette einrastet. Rechte Seite, linke Seite. Willig folge ich dem Seilzug, recke die Arme über den Kopf. Die Winde stoppt, kurz bevor ich auf die Zehenspitzen gehen muss. In die Fußmanschetten rasten ebenfalls Karabinerhaken ein, fixieren meine gespreizten Beine, die ich nun nicht mehr schließen kann. Die Seile geben mir Sicherheit. Sie halten mich in Position, nehmen mir meine Entscheidungsfreiheit. Nicht schlimm, denn mein Olivenbaum, ist da, wenn es nötig werden sollte. Stark und still steht er am Ende meiner Kraft. Aber so weit bin ich noch lange nicht.

Ich höre Schritte, die sich entfernen. Für einige Augenblicke gönnen die Männer mir Ruhe. Wo ist ER? Ist er mit den beiden anderen fortgegangen? … Nein, er nicht. Ich weiß, dass er hier ist, spüre seine Blicke auf mir. Ich bin nicht allein, Ich weiß, er sieht meine Erregung und ich schäme mich dafür. Immerhin war es nicht nur er allein, der mich in diesen Rausch versetzt hat. Andererseits hat ER mich hierher gebracht. Es ist sein Wunsch, dass ich diese Session genieße, so wie er es sicher genießt, mich so zu sehen. Hemmungslos, tabulos, willig. ER liebt die Schlampe in mir genauso sehr, wie die nette Frau von nebenan, die sich an den Blumen im Garten erfreut und sonntagmorgens im Schlabberlook auf dem Sofa herumlümmelt. Trotzdem, ich spiele hier mit drei Kerlen und von Zweien weiß ich noch nicht einmal, wie sie aussehen. Nicht gerade das, was man von einer respektabelen Frau erwartet, oder?

Etwas trifft meinen Arsch, der sogleich brennt wie Feuer. Ich schreie. Verdammt, was war das? Eine Bullwhip? Sie lassen mir keine Zeit, darüber nachzudenken. Hiebe klatschen auf meine Kehrseite. Ich glaube, es waren fünf schnell hintereinander. Das halte ich definitiv nicht lange durch! Mein Olivenbaum ist mir nahe.

Zwei Hände greifen fest nach meinen Schenkeln, eine Zunge gleitet in meine Pussy.

›Oh ja bitte, wer auch immer du bist, hör bloß nicht auf!‹, denke ich. Sprechen kann ich gerade nicht, nur schreien. Die Schläge auf meinen Hintern sind noch härter geworden, doch jetzt heiße ich sie willkommen. Lust und Schmerz katapultieren mich in eine andere Sphäre. Blitze schießen durch mich hindurch, lassen mich hell leuchten. Doch das scharfe Brennen, das wieder und wieder meine Backen trifft, bremst mich, kurz vor dem ersehnten Ziel, vereitelt den Urknall.

Der Typ, dessen Namen ich noch nicht einmal kenne, saugt an meiner Perle, bis meine Beine mich nicht mehr tragen. Ich zittere am ganzen Körper. Er hält mich fest, verhindert, dass ich einknicke und die Seile an meinen Armen reißen. Ein letzter Hieb auf meinen brennenden Arsch, zwei kräftige Hände unter meinen Achseln. Sie stützen mich, während die Fesseln an meinen Armen gelöst werden. Wie in Zeitlupe gleite ich hinab auf meine Knie. Die Hände, die mich halten, dirigieren mich in die gewünschte Position, bis ich einen harten Schwanz an meinem Eingang spüre. Ich bin so nass, dass er in mich gleitet, während man mich behutsam tiefer sinken lässt, bis ich auf fremden Hüften sitze. Ein resoluter Griff in meinen Nacken schiebt mich nach vorn und zwingt mich, die Hände auf dem Boden abzustützen. Ich schließe hinter dem Schal die Augen, fühle ganz bewusst. Der harte Schaft in mir bewegt sich nicht, aber er fühlt sich wunderbar an. Reglos bleibe ich sitzen, genieße das Gefühl, lasse mich führen.

Zwei Hände streicheln meine glühenden Backen, ziehen sie auseinander. Mein Herz beginnt zu rasen. ›Das ist jetzt nicht euer ernst, oder?‹, kann ich gerade noch denken. Schon spüre ich die Spitze an meinem Hintereingang. Gleitgel garantiert ihm den ungehinderten Zugang. Millimeter für Millimeter. Langsam, bedächtig, bis seine Haut sich gegen meinen lodernden Hintern presst. ›Himmel, das ist zu viel!‹, leichte Panik erfasst mich. Eine Hand streichelt behutsam meine Wange. Heißer Atem an meinem Ohr. »Entspann dich. Ich bin da. Alles okay.«

SEINE Stimme beruhigt mich. Er küsst mich, seine Zunge gleitet in meinen Mund. Sanft, zärtlich, atemberaubend, während die beiden Männer unter und hinter mir in einem sehr langsamen, trägen Rhythmus sehr sachte zu stoßen beginnen.

Die Hitze in mir wird unerträglich. ›Das passt nicht! Das geht nicht!‹, hämmert das Mantra in meinem Kopf.

ER beendet den Kuss, streicht mit dem Daumen über meine Lippen. »Hör auf zu denken. Fühle. Genieße. Lass dich gehen«, flüstert er. Dann schiebt er mir seinen Schwanz in den Mund. Fügt sich in den Rhythmus ein.

Ich stöhne, reiße die Augen auf. Alles ist dunkel. Ich liege auf dem Rücken. Meine Bettdecke ist feucht, zwischen meinen Schenkeln pocht es und klebrige Nässe sickert langsam an meinen Oberschenkeln herab. Ich keuche leise. Himmel, was für ein verrückter, unsäglich geiler Traum!

So kann ich auf keinen Fall wieder einschlafen! Ich richte mich auf, komme auf die Knie. In der Dunkelheit unseres Schlafzimmers nehme ich die Silhouette meines schlafenden Herrn nur schemenhaft wahr. Vorsichtig ziehe ich die Decke über seine Hüften. Unser beider bester Freund schläft, genau wie ER. Behutsam beuge ich mich hinab, wecke meinen Lieblingsspielkameraden, indem ich ihn sanft mit der Zunge streichele. Ich lasse ihn in meinen Mund gleiten, als er sich, vermutlich erstaunt, über die nächtlichen Störung, zu seiner vollen Pracht aufrichtet. Umarme ihn mit meinen Lippen, massiere ihn. Ein leichtes Zucken geht durch SEINEN Körper, gibt mir die Gewissheit, dass ER jetzt auch wach ist. Sein leises Zischen klingt in der Stille überlaut. »Himmel, Baby, was zum Teufel hast du geträumt?«, stöhnt er überrascht und genießerisch. Er streckt den Arm aus, knipst die Nachttischlampe an. Er liebt es, mich zu beobachten, während ich ihn verwöhne.

Ich schaue zu ihm auf. Kann nicht reden mit vollem Mund. Und das ist auch gut so. Ich werde mich ordentlich ins Zeug legen, damit er seine Frage vergisst. Denn ER ist mein Herr, mein Freund, mein Lebensgefährte. Der Mann, der meine Träume wahr werden lässt. Ich vertraue ihm blind und erzähle ihm fast alles. Doch von meiner nächtlichen Vision sollte er besser nichts erfahren. Denn diese Fantasie zu leben, dazu bin ich nicht bereit.

Sexy Sounds

Das schönste und sinnlichste Geräusch für mich, ist seine Stimme am Telefon. Ich mag seine Klangfarbe mit dem ganz leicht rauchigen Hauch darin.

Während er seinen LKW Kilometer um Kilometer über die Autobahn lenkt, sitze ich zuhause und vermisse ihn. Je größer meine Sehnsucht, desto stärker reagiere ich auf seine Stimme.

Meistens reden wir über Alltägliches. Seine Rückenprobleme, mein nerviger Arbeitsweg, gemeinsame Freunde. Oft erzählt er mir einfach nur, was er gerade erlebt. Ein Autofahrer vor ihm fährt zu langsam. Ein Anderer überholt mit einem riskanten Manöver. Welche Station muss er als Nächstes anfahren, um zu laden oder entladen? Wir unterhalten uns, während er tankt, Frachtscheine unterschreibt oder Fahrtenbuch führt. Ich mag es, ihm einfach nur zuzuhören und mir vorzustellen, ich säße neben ihm, meine Hand auf seinem Oberschenkel, während er fährt. Der Klang seiner Stimme pflanzt die Vorstellung in meinen Kopf, wie seine Zunge ganz vorsichtig über meine Schamlippen streichelt. Eine Fantasie, die mich feucht werden lässt und ein angenehmes Kribbeln in meinem Schoß erzeugt.

Abends steht er dann meistens mit seinem Sattelzug auf irgendeinem Rastplatz. Er ist selten allein, denn er trifft dort immer auf irgendwelche Bekannte. Die Könige der Straße kennen sich untereinander. Er isst mit den Kollegen, hört sich ihre Probleme an, nimmt Anteil an ihren kleinen und großen Dramen. Oft hat er tausend Dinge im Kopf, die ihn beschäftigen. Er hilft, wo es möglich ist. Sorgt sich um die Menschen, die ihm am Herzen liegen. Dennoch fühlt er sich oft genauso allein, wie ich.

Auch ich bin zwischendurch mal mit den Mädels unterwegs. Mal raus und auf andere Gedanken kommen, bevor mir zuhause die Decke auf den Kopf fällt. Das muss ab und an mal sein. Doch sofern es bei uns beiden passt, ruft er mich abends noch mal an.

Wenn er mir dann befiehlt, mich auszuziehen, klingt seine Stimme leiser, dunkler und rauchiger als sonst. Ich tauche ein in diesen Klang, befolge seinen Befehl und nichts anderes ist mehr wichtig. Nur noch er, nur noch wir Zwei und unser Verlangen. Auf seine Anweisung hin schraube ich die Nippelklemmen so eng um meine Brustwarzen, wie ich es gerade noch aushalte. Viel schöner ist es, wenn er hier ist, um das selbst zu tun. Doch wenn er eine Tour fährt, drehe ich sie so fest, wie er es tun würde. Ich mag den Schmerz. Wir beide lieben es, wenn er meine Nippel foltert. Die Illusion, dass er bei mir ist, wird realer, wenn ich den Schmerzlevel erreiche, dass er mir zumutet. Auf sein Geheiß knie ich im Vierfüßlerstand auf unserem Bett. Die Nippelklemmen zerren an meinen Knospen und ich weiß, er kann mein schmerzerfülltes, lustvolles Stöhnen durch das Telefon hören. Meine Laute machen ihn geil. Das merke ich daran, dass seine leise ausgesprochenen Befehle, atemloser werden. Manchmal befiehlt er mir, den Analplug einzusetzen. Er weiß, wie sehr ich das Gefühl mag. Aber er kennt mich auch gut genug, um zu wissen, dass ich das Toy ausschließlich auf seine Anweisung hin benutze. Für dieses Spiel brauche ich die Interaktion mit ihm. Allein hat es keinen Reiz für mich.

Ich sehne mich nach seiner Hand, die auf meine Backen klatscht. Doch mir bleibt nur seine Wahnsinnsstimme, die wie ein heißer Windhauch über meine Haut zu streichen scheint und jeden Zentimeter zum Prickeln bringt. Was wir haben, ist unheimlich viel für mich, und trotzdem nicht genug. Ich brauche dringend seinen Atem, der über mein Ohr streicht, seine warme Haut an meiner. Eben echte körperliche Nähe. Meine Sehnsucht nach ihm ist riesig.

»Leg dich auf den Rücken und press den Hintern auf die Matratze. Ich will, dass du den Plug richtig spürst,« raunt er ins Telefon.

Ich gehorche ihm und genieße den Druck, den das Toy in meinem Hintereingang ausübt.

»Winkel die Beine etwas an und spreize sie, so weit, wie du kannst!«

»Ja, Herr, wie du wünscht,« wispere ich keuchend und tue was er sagt. Er freut sich, wenn er ein Handyfoto von mir in dieser Position bekommt, also knipse ich eins und schicke es ihm.

Als Antwort bekomme ich prompt, ein Bild von seinem stahlharten Schwanz. Ich bin so richtig geil und es gibt nichts, was ich in diesem Moment lieber sehe. Dennoch, schöner wäre es natürlich, das Prachtstück tatsächlich in der Hand zu halten ... oder noch besser es in einer meiner Körperöffnungen zu spüren.

»Nimm den Vibrator, aber warte, bis ich dir sage, dass du ihn benutzen darfst.«

»Ja, Sir.«

Zwei kleine Worte, mehr gestöhnt, als gesprochen.

»Ja,« murmelt er. »Das ist mein Mädchen. Lass mich hören, wie sehr es dir gefällt.«

Ich wimmere lustvoll, knete dabei meine Brüste, weil ich den Schmerz in meinen Nippeln wieder fühlen will, die sich mittlerweile an die Klemmen gewöhnt haben. Sein heiseres Flüstern jagt Schauer über meine Haut.

»Bitte, sag mir, was du tust, Herr.«

»Habe einen Penisring angelegt und höre dir zu. Ich wichse noch nicht. Wir tun es zusammen. Nimm den Vibrator und führ ihn ein.«

Ich halte das Telefon in die Nähe meines Beckens, damit er das leise Brummen des Freudenspenders hören kann, und folge seinem Befehl. Die Auf- -und Ab-Bewegungen in meiner nassen Pussy, verursachen die Schmatzgeräusche, die er so gerne von mir hört. Ich belasse das Telefon für ein oder zwei Minuten dort. Lasse ihn an meiner Geilheit teilhaben und stelle mir dabei vor, wie er seinen Schwanz bearbeitet.

Ich spüre diesen Punkt in mir, an dem der Plastikpenis an dem Plug vorbei reibt. Ein Wahnsinnsgefühl. Ich halte den Telefonhörer wieder an meine Wange und beschreibe ihm genau, wie sich das anfühlt.

Gleichmäßiges Keuchen ertönt aus dem Hörer, Musik in meinen Ohren. Ich passe meine Bewegungen seinem Atem an, schließe die Augen, konzentriere mich auf meine und seine Begierde Es ist fast so, als wäre er bei mir. Fast so, als würde er mich ficken. Eben nur fast, aber das muss ausreichen. Mehr haben wir heute nicht. Und doch bin ich dankbar, denn das ist schon viel. In unserer gemeinsamen Fantasie sind wir uns über hunderte Kilometer hinweg unendlich nah.

Ich bin kurz davor, zu explodieren. Doch selbstverständlich ich halte mich zurück. Niemals würde ich mich einfach so gehen lassen.

»Sir, bitte, darf ich kommen?« Stöhne ich ins Telefon.

»Nein!«, kommt es prompt zurück. »Du wartest gefälligst, bis ich dir sage, dass du kommen darfst.«

Augenblicklich höre ich auf, den Vibrator in mich zu stoßen. In meinem Unterleib ist die Hölle los. Meine Lust pocht und pulsiert. Ich beiße mir auf die Lippen. Vielleicht sollte ich an den Nippelklemmen ziehen. Aber es besteht durchaus die Gefahr, dass der Schmerz mich erst recht über die Klippe treibt, deshalb lasse ich das lieber bleiben. Ich versuche, an etwas anderes zu denken. Aber an was? An was nur? Kalter Kaffee. Schmeckt wie eingeschlafene Füße. Bringt mich aber nicht wirklich runter. Er ist ein echter Kaffeejunkie. Ich denke darüber nach, wie viele Tassen er heute wohl getrunken hat. Das lenkt mich ein wenig ab und wendet die akute Gefahr, seinen Befehl zu missachten ab.

Endlich flüstert er mir die Anweisung ins Ohr, auf die ich ungeduldig warte.

»Jetzt, Süße! Komm für mich! Lass mich hören, wie du explodierst!«

»Oh ja Sir, nur zu gerne!«, seufze ich und stoße den Freudenspender erneut tief in meine gierige Pussy, lasse ihn in mir vibrieren und reibe zusätzlich mit einem Finger meine Klit. Ich stöhne ihm hemmungslos laut ins Ohr, höre, dass auch er so weit ist. Wir kommen zusammen, getrennt durch hunderte von Kilometern.

»Moment,« murmelt er.

Ich muss grinsen, denn ich liege entspannt auf dem Rücken und genieße das Nachbeben, während er sicher gerade mit Taschentüchern hantiert.

»Wieder da«, erklingt seine sinnliche Stimme an meinem Ohr.

Meine Sehnsucht nach ihm ist eher stärker als schwächer geworden. Wie gerne würde ich mich jetzt an ihn kuscheln, meine Nase an seinem Hals vergraben, seinen Duft einatmen und die Wärme seiner Haut an meiner fühlen. Ich seufze tief, aber so leise, dass er es nicht hören kann. Ich weiß, er vermisst mich auch und ich will ihn nicht noch zusätzlich mit Gejammer belasten. Diese ewige räumliche Distanz ist nun einmal unser Schicksal. Doch sie ändert nichts daran, wie nahe wir einander sind.

»Wo bist du eigentlich momentan?«, erkundige ich mich, mehr um meine Traurigkeit zu überspielen.

»Bei Wiesbaden«, sagt er. »Ich muss morgen weiter nach Stuttgart.«

›Wiesbaden … das ist gar nicht so weit weg, ungefähr zweihundertsiebzig Kilometer von hier. »Dann bist du auf der A3?«, frage ich nach.

»Ja, ungefähr dreißig Kilometer vor Wiesbaden.«

›Dann sind es nur noch zweihundertvierzig Kilometer‹, denke ich. Mein Herz beginnt zu rasen. Es ist noch früh, erst neunzehn Uhr. Ich atme einmal tief durch, bemühe mich um einen halbwegs gleichmütigen Ton. »Ich muss mich jetzt leider verabschieden, Schatz. Sonst wird es zu spät und ich bin zu müde, um meine Unterlagen für die Schulung morgen noch mal durchzugehen.«

»Okay, Süße. Schlaf nachher schön. Ich denke an dich.«

Er verabschiedet sich mit einem Kussgeräusch, das ich erwidere.

Sobald das Gespräch beendet ist, springe ich aus dem Bett und flitze unter die Dusche. Dann ziehe ich mich eilig an, setze mich ins Auto und brause los. Erst zwanzig nach sieben, aber es ist schon dunkel und unangenehm kalt. Ich drehe Heizung und Musik auf und trete das Gaspedal durch. Je eher ich da bin, desto mehr Zeit bleibt uns. Mit hundertsiebzig Stundenkilometern rase ich über die Autobahn. Wenn er das wüsste, hätte er wahrscheinlich Angst um mich und würde mir den Hintern versohlen, sobald ich angekommen bin. Ich fahre normalerweise nicht so schnell, doch heute treibt mich die Freude an, ihn zu sehen. Die Bahn ist frei um diese Uhrzeit. Ich komme super durch.

Die Anzeige meiner Digitaluhr im Auto springt auf zweiundzwanzig Uhr, als ich die Ausfahrt auf den Rastplatz nehme, auf dem ich ihn vermute. Zweifel nagen plötzlich an mir. Was, wenn es dieser Rasthof gar nicht ist? Es gibt bestimmt noch mindestens zwei Weitere, die in Frage kämen. Was, wenn er nicht in seinem LKW ist? Er könnte sonst wo sein. Auf dem Truck eines Kumpels beim Karten spielen zum Beispiel. Oder mit zehn Kollegen in der Gaststätte. Sieht doof aus, wenn ich da rein platze, oder? Vielleicht vögelt er auch gerade irgendeine Truckermaus. Das wäre kein Problem für mich. Solange es nur um Sex geht, gestatten wir uns diese Freiheit gegenseitig. Wäre jetzt trotzdem komisch, sein Schäferstündchen zu unterbrechen. Verdammt! Hätte ich vorher mal besser nachgedacht! Dann wäre ich gar nicht erst losgefahren. Aber wieder umzudrehen kommt nicht in Frage. Nicht jetzt wo ich schon mal hier bin. Im Schritttempo fahre ich an den parkenden Lastwagen vorbei.

Da! Da steht er! Alles dunkel in seinem Sattelzug.

Ich parke direkt neben ihm. Mein PKW sieht aus wie ein Spielzeugauto neben dem riesigen Truck. Ich steige aus und klopfe mit aller Kraft gegen die Fahrertür. Ob er überhaupt da drin ist? Vielleicht schläft er schon. Ich hoffe, er hört mich.

Kamen da nicht Geräusche von drinnen? Ich warte einen Moment. Mein Herz klopft wild. Gott hoffentlich hab ich ihn nicht beim Vögeln unterbrochen! Das wäre echt eine dämliche Situation.

Die Fahrertür schwingt von innen auf, unterbricht meine Überlegungen. Da ist er! Sein Gesichtsausdruck als er mich sieht, unbezahlbar. Er schließt kurz die Augen, öffnet sie wieder.

»Hallo Schatz. Nein, das ist kein Traum. Ich … äh … ich hoffe, ich komme nicht ungelegen.«

Ich bin immer leiser geworden, verlegen. Vielleicht war das ja doch eine ziemlich törichte Idee von mir? Einfach Hals über Kopf loszufahren. Nicht das er sich kontrolliert fühlt? Ich wollte ihn doch nur sehen. Ich brauche eine Umarmung und seine Küsse. Aber das könnte er wirklich als Kontrolle …

Er springt aus dem Truck, steht vor mir und zieht mich in seine Arme. Eine Gänsehaut kriecht über meinen Körper, jeder klare Gedanke verabschiedet sich. Ich schmiege mich an ihn, genieße das Gefühl seines Körpers an meinem.

»Verdammt, was machst du hier?«, fragt er und hält mich eine Armeslänge von sich.

»Ich hatte solche Sehnsucht nach dir. Es war nicht so weit bis hier her und ich habe morgen frei. Keine Schulung. Ich hoffe, du bist nicht …«

Seine Lippen erobern meinen Mund, bringen mich zum Schweigen. Seine Zunge eröffnet den Tanz, der mich schwindelig macht. Nein, er ist scheinbar nicht sauer. Er hat mein Erscheinen hier nicht in den falschen Hals bekommen. Gott sei dank!

Er beendet den Kuss abrupt, packt mich mit einem festen Griff im Nacken und dreht mich herum. »Ab in den LKW,« knurrt er dunkel.

Eine Armee von Ameisen marschiert über meinen Rücken. Er lässt meinen Nacken los, dafür liegt seine Hand jetzt auf meinem Arsch, während ich auf den Fahrersitz klettere.

»Nach hinten! Ich will dich nackt auf der Matratze, in zwei Minuten!«, befiehlt er streng.

»Jawohl, Sir,« erwidere ich brav und steige auf seine schon zerwühlte
Matratze. Ein schmaler Schlafplatz, der sich unmittelbar hinter dem
Fahrer- und Beifahrersitz befindet. ›Perfekt, eng ist kuschelig‹, denke
ich glücklich und schäle mich umständlich aus meinen Klamotten,
wobei ich mir mehrfach Kopf, Schulter und Ellenbogen stoße. Aua!
Graziös sieht anders aus. Sein amüsiertes Schnaufen treibt mir die
Röte auf die Wangen. Aber schließlich habe ich es dann doch geschafft
und lasse mich erleichtert auf sein Bett plumpsen. Er klettert zu mir
auf die Matratze. Nackt. Wie er sich vorn auf dem Fahrersitz ausgezogen hat, ist mir ein Rätsel. Doch sobald seine Haut meine berührt,
denke ich über solche Nebensächlichkeiten nicht mehr nach. Sein
Körper an meinem. Ein viel zu seltenes Vergnügen. Unendlich vertraut und doch immer wieder aufregend und neu. Wir halten uns fest.
Kuscheln, streicheln einander. Geraunte Liebkosungen. Sein Atem
streicht warm über meinen Hals. Sehr fest und dennoch zärtlich saugt
er an meinen Nippeln, die von ihrer Begegnung mit den geschraubten
Klemmen am früheren Abend noch immer etwas empfindlich sind.
Langsam dringt er in mich ein, bewegt sich gefühlvoll, stößt uns beide
in einen Rausch sinnlicher Leidenschaft. Hatte ich vorhin beim Tele-
fonsex, die Illusion, er wäre tatsächlich in mir? Kein Vergleich dazu,
wie sich das hier anfühlt! Sein Schwanz füllt mich vollständig aus.
Seine Präsenz dringt in jede Pore meiner Haut. Seine Nähe ist wie eine
Droge und ich bin high von ihm. Unser Keuchen vermischt sich, halb
gestöhnte, halb geflüsterte Worte ohne tieferen Sinn. Geräusche unserer Ekstase, die lauter werden, je schneller der Rhythmus wird, in
dem wir auf die Glückseligkeit zusteuern. Ich klammere mich an ihn,
mein Körper erbebt, meine inneren Muskeln würgen seinen Schwanz,
treiben auch ihn über die Klippe. Ich spüre, wie er zuckt und seinen
Saft in mich pumpt, halte ihn ganz fest, während wir langsam wieder
zu Atem kommen.

Er presst meinen Hintern gegen sein Becken und dreht sich mit mir
um, sodass ich jetzt auf ihm liege. In dieser Position bleiben wir. Viel

Platz für eine andere Lage haben wir hier eh nicht. Gibt es etwas schöneres, als den Duft nach Sex und nach unseren verschwitzten Körpern? Mit diesem Geruch und dem Gefühl seiner Haut an meiner schlafe ich ein.

Mein letzter Gedanke, ein leises Bedauern, dass ich ihn morgen früh schon wieder verlassen muss. Aber lange werde ich dieses Mal nicht allein sein. Samstag ist seine Tour beendet. Dann kommt er endlich wieder nach Hause zu mir.

Über die Autorin

Zwischen Kohle und Stahl erblickte Tanja Russ im Ruhrgebiet das Licht der Welt, wo sie auch heute noch, gemeinsam mit ihrem Mann lebt.

Schon in der Schule liebte sie es, Aufsätze zu schreiben und schrieb bereits mit nur 14 Jahren ihren ersten Roman. Handschriftlich fasste sie ihn und schrieb alles in ein Schulheft. Es folgten Kurzgeschichten, hin und wieder auch Gedichte.

In Ihrer Freizeit liest sie viel: Fantasyromane, romantische Liebesgeschichten und Erotikromane mit BDSM Kontext. Mit Ihrem Debütroman Brombeerfesseln hat sie die Genres »romantische Liebesgeschichte« und »BDSM-Roman« vereint und so ein außergewöhnliches Buch geschrieben. Von Tanja Russ angesprochen sind alle Leser/innen, die Liebesromane mögen und die BDSM gegenüber nicht abgeneigt sind. Ihre beiden erfolgreichen Romane »*Brombeerfesseln*« und „*Fesselnde Sehnsucht*" sind wunderbare Mischungen aus Erotik und Story, aus hart und zart, aus BDSM und Romantik. Bücher, die man so schnell nicht wieder aus der Hand legen will.

Weitere Bücher von Tanja Russ:

Tanja Russ – Brombeerfesseln

Ein BDSM-Liebesroman

Lea ist 29, Fotografin und überzeugte Singlefrau. Sie steht mit beiden Beinen fest im Leben und nimmt die Männer, wie sie kommen. Doch immer fehlt ihr dabei etwas. Bis sie Lukas begegnet. Streng, dominant, leidenschaftlich, bietet er alles, was Lea sich von einem Mann wünscht. Er macht ihr das verführerische Angebot, seine Sklavin auf Zeit zu werden. Lea lässt sich darauf ein und Lukas entführt sie in die dunkle Welt des BDSM. Eine Welt voller Dominanz und Unterwerfung, Schmerz und Lust, doch auch voller fürsorglicher Liebe und gegenseitigem Respekt. Aber Ihre besondere Beziehung hat ein Verfalldatum, die Vereinbarung lautet, 6 Monate bleiben sie zusammen ...

Lieferbar als Buch und als E-Book im universellen epub-Format sowie für den Amazon Kindle.

Tanja Russ – Fesselnde Sehnsucht

Ein Highland BDSM-Liebesroman

Rebecka und Alec kennen sich schon eine ganze Weile und zwischen den beiden knistert es gewaltig. Doch Rebecka weiß, dass Alec auf BDSM steht und das schreckt sie ab. Alec hingegen spürt, dass tief in Rebecka die dunklen Sehnsüchte von Unterwerfung und Hingabe schlummern - aber er weiß nicht, wie er ihr so nahe kommen kann, dass er ihr behutsam den Weg zur Erfüllung ihrer geheimen Fantasien zeigen kann. Schließlich versucht er es mit der Hilfe von Rebeckas bester Freundin Lea, die Sie bereits aus dem Roman „Brombeerfesseln" kennen ...

Lieferbar als Buch und als E-Book im universellen epub-Format sowie für den Amazon Kindle.

Um mehr über weitere Titel zu erfahren, besuchen Sie auch die Webseite des Verlags: www.schwarze-zeilen.de.

Siri S - gelebte Unterwerfung

Ein autobiografischer BDSM-Roman

Siri S lebt BDSM. Sie engagierte sich lange und intensiv in der Berliner Szene, leitete das weit über die Hauptstadt hinaus bekannte »Subbiekränzchen« und die Bondage-Gruppe »Miss Rope«. In diesem Roman, der auf wahren Erlebnissen basiert, beschreibt sie, wie sie BDSM für sich entdeckt. Aus ihren Tagebuchaufzeichnungen ließ die Autorin einen Roman entstehen, der in ihrer ganz eigenen Sprache erzählt, wie sie ihre ersten Erfahrungen empfunden hat und schließlich BDSM als Teil ihrer selbst akzeptiert.

Dieser autobiografische Roman räumt mit allen Klischees über BDSM auf. Schonungslos und ehrlich erzählt Siri S und lässt die Leser daran teilhaben, wie sie ihre Neigungen entdeckt, wie sie zweifelt und schließlich zu sich selber findet. Sie schreibt von den Schwierigkeiten, den geeigneten Partner zu finden und von dem Glück, wenn man ihn gefunden hat. Sie räumt mit gängigen Klischees über BDSMler auf und am Ende werden sie feststellen, BDSMler sind auch nur ganz normale Menschen.

Lieferbar als Buch und als E-Book im universellen epub-Format sowie für den Amazon Kindle.

Impressum

ISBN 978-3-945967-65-2

Unsere Web-Adresse: www.schwarze-zeilen.de

(c) 2018 Schwarze-Zeilen Verlag

Ein Imprint des Footstep Verlag,

Reichenaustr. 81c, 78467 Konstanz

info@schwarze-zeilen.de

Cover: Satz & Bild

Coverfoto: © sakkmesterke – stock.adobe.com

Satz: Schwarze-Zeilen Verlag